PROMISE BOYS

NICK BROOKS

PROMISE BOYS

TODOS OS OLHOS EM NÓS

Tradução
Luara França

1ª edição

Galera
RIO DE JANEIRO
2023

REVISÃO
Anna Carla Ferreira
Neuza Costa

DIAGRAMAÇÃO
Abreu's System

CAPA E ILUSTRAÇÃO DE CAPA
Douglas Lopes

TÍTULO ORIGINAL
Promise Boys

CIP-BRASIL. CATALOGAÇÃO NA PUBLICAÇÃO
SINDICATO NACIONAL DOS EDITORES DE LIVROS, RJ

B888p

Brooks, Nick
Promise boys : todos os olhos em nós / Nick Brooks ; tradução Luara França. – 1. ed. – Rio de Janeiro : Galera Record, 2023.

Tradução de: Promise boys
ISBN 978-65-5981-266-0

1. Ficção americana. I. França, Luara. II. Título.

CDD: 813
CDU: 82-3(73)

23-83922

Meri Gleice Rodrigues de Souza – Bibliotecária – CRB-7/6439

Texto revisado segundo o Acordo Ortográfico da Língua Portuguesa de 1990.

Direitos exclusivos de publicação em língua portuguesa somente para o Brasil adquiridos pela
EDITORA GALERA RECORD LTDA.
Rua Argentina, 120 – Rio de Janeiro, RJ – 20921-380 – Tel.: (21) 2585-2000,
que se reserva a propriedade literária desta tradução.

Impresso no Brasil

ISBN 978-65-5981-266-0

EDITORA AFILIADA

Seja um leitor preferencial Record.
Cadastre-se e receba informações sobre nossos lançamentos e nossas promoções.

Atendimento e venda direta ao leitor:
sac@record.com.br

Para os garotos da Cidade Chocolate

*"Nos últimos vinte e cinco anos de ensino,
percebi um fenômeno fascinante:
as escolas e a educação escolar são insignificantes
para os resultados do planeta. Ninguém mais acredita
que cientistas sejam treinados em aulas de ciências,
que políticos sejam treinados nas aulas de ciências sociais
ou poetas, nas aulas de idiomas. A verdade é que
as escolas não nos ensinam nada a não ser seguir ordens.
É um mistério para mim por que isso acontece,
pois milhares de pessoas cuidadosas e
carinhosas trabalham como professoras e diretoras,
mas a lógica abstrata da instituição acaba
sobrepujando suas qualidades individuais.
Mesmo que professores se importem
e trabalhem arduamente,
a instituição é psicopática, não tem consciência.*

*"Um sinal toca e o jovem que está escrevendo
um poema precisa fechar o caderno e
ir para uma cela diferente, onde ele precisa decorar
que o homem e o macacão têm o mesmo ancestral."*

John Taylor Gatto
"Why Schools Don't Educate"
[Por que escolas não educam]

ÚLTIMAS NOTÍCIAS:

DIRETOR QUERIDO PELA COMUNIDADE É ASSASSINADO AOS 43 ANOS

A polícia de Washington, capital, está investigando um homicídio na região noroeste. Sr. Kenneth Moore, fundador e diretor da Escola Preparatória Urban Promise foi atingido por um tiro na sexta-feira, dia 10 de outubro, na escola. Ele era um admirável membro da comunidade.

O corpo do diretor foi encontrado no começo da noite de sexta por um colega de trabalho, que ligou para a emergência.

Quando a polícia chegou, constatou que Moore levou um único tiro na têmpora.

Investigadores têm trabalhado para encontrar um suspeito ou lista de suspeitos, além de motivo plausível, e foi revelado que três alunos estão sendo interrogados.

Qualquer pessoa que tenha alguma informação deve ligar para a seção de Homicídios do departamento de polícia de Colúmbia, no número 202-555-4925.

Uma recompensa de 65 mil dólares está sendo oferecida a quem tiver informações que levem à captura do culpado.

PARTE UM

J.B.

Dias atuais

Ninguém

Aluno da Escola Preparatória Urban Promise

Fiquei sabendo que um aluno trouxe uma arma para a escola no dia do assassinato. Não diga que soube por mim.

Keyana Glenn

Aluna do colégio Anacostia

A gente não consegue acreditar no que vê, só no que sente. Achei que podia confiar em J.B. porque conseguia sentir o tanto que ele gostava de mim. Ou pelo menos eu achei que conseguia, até ele me dar bolo. Um dia depois de ficarmos. Quando ele disse que me encontraria depois da aula para irmos juntos ao jogo. Que *ficaríamos* juntos. Oficialmente.

Ele jurou que não era como os outros garotos. Que era diferente. Melhor. E mesmo contrariando meus instintos, ele me convenceu a confiar nele. E talvez eu ainda confie? Mas minha cabeça está muito confusa e não sei de mais nada.

Argh, me sinto uma idiota. Ele me usou, ou me enganou. Agora estou *me* sentindo mal, e isso não é justo. Só de pensar, já fico irritada.

Toda vez que fecho os olhos, revivo aquela noite. Eu indo sozinha para o jogo, pronta para jogar tudo na cara dele. Mas quando cheguei, notei que ele estava coberto de sangue.

Fiquei paralisada ali mesmo, na porta da escola.

Nós dois ficamos.

Tudo que eu queria gritar para ele ficou preso na garganta.

O sangue.

Minha cabeça zunia. Ele havia se machucado? Era por isso que ele não havia aparecido para me pegar como combinado? Era por isso que ele não havia ligado nem respondido as mensagens?

— Não foi minha culpa... — sussurrou ele enquanto tentava respirar. E daí ele foi embora. Ele obviamente não estava machucado, não correndo daquele jeito.

Ele sumiu na escuridão da noite.

Claro, naquele momento eu ainda não sabia nada sobre o diretor Moore. Todo mundo está falando que o J.B. matou aquele cara, mas ainda assim, parte de mim não consegue acreditar.

Por outro lado, sei o que vi, J.B. com a camiseta coberta de sangue e aquelas palavras indo e voltando na minha mente. "Não foi minha culpa."

Toda vez que começo a acreditar em alguma coisa, lembro que *todo mundo* por aqui é falso. Acho que nunca dá para conhecer mesmo uma pessoa.

Espero que eu esteja errada. Espero que J.B. seja inocente.

Enfermeira Robin

Funcionária da Escola Preparatória Urban Promise

Não me entenda mal, eu me importo com o trabalho. É esse *lugar* que eu não suporto.

Quando disse para meus amigos que ia trabalhar na Escola Preparatória Urban Promise, todos me avisaram que era uma escola exclusivamente masculina, mas eu achei que poderia lidar com isso. Tenho que lidar com homens nojentos vinte e quatro horas por dia. Toda escola em que trabalhei, todo ônibus que eu pego, toda vez que ando na rua, toda vez que vou ao mercado, homens dão em cima de mim. Por que essa escola seria diferente? Não é mesmo?

Eu estava errada.

Nessa escola, eu fiquei bem desconfortável, *nervosa* mesmo; você sabe como é. O diretor Moore criou uma panela de pressão de masculinidade tóxica e frágil. Você acha que estou falando dos alunos, mas não. Essas crianças, elas não conhecem outra vida. São os adultos. Os professores, os seguranças, a diretoria.

Eles encorajam esse comportamento. Ano passado, um garoto ficou passando um vídeo muito inapropriado que ele tinha feito com uma garotinha, então os seguranças revistaram as coisas dele e confiscaram o telefone. Foi a coisa certa a fazer. Mas ele nunca levou suspensão ou advertência. Nem uma puniçãozinha! E pior, vi os seguranças na sala de funcionários olhando o telefone, assistindo ao vídeo antes de deletar.

Vendo pornografia infantil escondidos, fazendo piada da menina do vídeo. Eles nem pensaram. Não existia senso algum de... moral quando se falava de mulheres na Urban Promise.

Mas Moore não se importava com aquilo. Contanto que os garotos fossem mantidos na linha, esses homens podiam fazer o que quisessem. Sabe, Moore tem uma persona pública imaculada, mas ele não era super assim também. Ele fazia umas coisinhas, tipo me abraçar por tempo demais, passar a mão nas minhas costas quando falava comigo no corredor.

Além disso, pode me chamar de ridícula, mas eu juro que ele tinha problemas com álcool. Já cuidei de muitos pacientes que bebiam e Moore tinha todas as características. O humor dele mudava de uma hora para outra. Às vezes ele era amável, um charme só, atencioso e cuidadoso. Outras vezes, ele surtava com as crianças, com os professores, com o supervisor Hicks. E ultimamente havia piorado muito.

Enfim. Pode-se dizer que eu não acho que tenha sido uma perda tão grande assim como as outras pessoas.

Agora, quanto aos garotos que estão sendo interrogados por conta do assassinato, não conhecia nenhum deles muito bem, mas eu vi o J.B. no dia do crime. Ele veio para cá para colocar um curativo na mão. Ele se cortou feio depois de bater em alguma coisa.

— O que aconteceu? — perguntei. As mãos dele estavam fechadas em punhos, como se ele quisesse enfiar as unhas na própria pele. O marrom-escuro manchado de sangue.

— Nada — murmurou ele.

— Não pode ser nada se você está assim. — Tentei sorrir para ele, fazer com que ele se sentisse confortável já que estava tão machucado.

Fiz o melhor que pude para limpar a ferida, mas ele não abriu a mão. Nenhuma vez lá no consultório. Ele só olhou para longe, dentes cerrados, como se mal pudesse esperar para fazer uma coisa pior com o que quer que tenha acabado com a mão dele.

Fui para trás da mesa antes de avisar que ele podia ir embora. Um instinto estranho me disse para fazer isso. Não queria dar as costas para ele. Não tendo visto a raiva emanar dele daquele jeito. Como se ele fosse perder a cabeça a qualquer momento, as mãos sedentas por um saco de pancadas, qualquer coisa, alguma coisa que pudesse aliviar a raiva. É o tipo de pessoa que está acostumada com a violência. E jovem desse jeito? Me deixa arrepiada.

Então, sim. Estou procurando outra escola para trabalhar.

Becca Buckingham

Aluna da Academia Mercy para Garotas

Tadinhos deles. Tão cheios de raiva. Mas é por conta da situação deles, sabe? Quer dizer, imagina viver naquela pobreza, ser estigmatizado por causa da etnia e ser vítima de injustiça sistêmica. Você também teria raiva. É por isso que eu quis ser monitora na Promise. Para fazer a *diferença*. Com o privilégio branco que eu tenho, vejo isso como uma responsabilidade.

Mas mesmo assim, não consigo entender por que mataram o diretor Moore. Ainda mais depois de tudo que ele fez por eles. É uma tragédia.

Eles disseram que têm três suspeitos. Todo mundo está fofocando e essa cidade é menor do que você imagina. As notícias correm. Fui monitora de um deles.

Ramón Zambrano.

Ramón é um ótimo garoto. Tem uma coisa... meio angelical nele. Eu amo como ele é, sabe, fiel à própria cultura. Ele faz... acho que são chamados *pahpooses*? Aqueles biscoitinhos. Me falaram que ele faz com a avó. Olha que fofo!

Eu quase me matei para o tornar fluente em inglês porque isso ajudaria no futuro dele. Sem dizer que era minha obrigação. E Ramón se saiu bem. Na verdade, há algumas semanas, eu diria que não tinha chance nenhuma de ele ter feito isso. E parte de mim ainda acredita nisso, no fundo do coração. Mas eu vi... hum, vamos dizer que eu *ouvi* que ele pode ser esquentadinho.

Mas ele não é um caso perdido. Provavelmente foi um dos outros meninos que estão nessa.

Tipo... **Trey Jackson.**

Nunca cheguei a falar com ele. Mas ouvi dizer que é um garoto esquisito. Muitas meninas na Mercy o acham bonitão, e ele ainda joga basquete, então já viu. Ele pode ir bem e acabar na NBA... quem não ia querer namorar um cara desses?

Eu.

Atletas são idiotas e tenho certeza de que Trey não é exceção. Pensando agora, as pessoas dizem que ele faz bullying. Fica fazendo piada com as crianças, se sentindo o maioral enquanto faz os outros se sentirem mal.

Mas as pessoas também dizem que ele tem, tipo, um tio que é militar e nada do bem. Às vezes garotos com figuras paternas ruins acabam se tornando ruins também, sabe? Mas pelo menos ele *tem* uma figura paterna! Não sei com certeza, mas aposto que não é algo muito comum naquela escola.

E tem também o J.B. Williamson.

É outro que não conheço muito bem, como o Trey, mas ouvi dizer que o J.B. é muito inteligente. Já o vi nos corredores em meus dias de monitoria, e eu lembro dele porque ele é enorme. Tipo 1,90m! E, caras altos são sempre lindos para mim. Mas ele nunca sorria. Não importava quantas vezes eu sorrisse para ele ou desse oi, ele só me ignorava. Isso me dava uma impressão estranha, sabe?

Todo mundo fica me perguntando *daquele* dia na Promise. Eu fiquei a tarde toda dando monitoria na sala de inglês. Saí para pegar água e lá estavam eles: J.B. e o diretor Moore numa briga.

Fique paralisada como todo mundo. J.B. cresceu para cima do diretor Moore, e tinha um amassado enorme no armário. A mão do J.B. sangrava e o sangue pingava no chão. Mesmo do outro lado do corredor, consegui sentir a tensão.

J.B. foi para cima do diretor, esperando que ele desviasse ou saísse correndo. Mas o diretor riu e ficou parado. Meu coração disparou e os batimentos eram tão altos que quase não ouvi a discussão.

O diretor Moore levantou a mão, falando para o J.B. ir embora, e J.B. passou por mim todo irritado e agressivo, ouvi ele murmurando, "Vou pegar você".

Já tinha ouvido os garotos da Promise dizerem isso. Parecia o último resquício das brigas. Quando os seguranças da escola separavam os brigões, eles sempre falavam isso um para o outro. Era um aviso. E sem dúvida, a fofoca logo chegava à Mercy, sobre as brigas na vizinhança da Promise.

Mas agora, aquelas três palavras ficam ecoando na minha cabeça sem parar. Algumas horas depois de J.B. dizer isso, acharam o corpo do diretor Moore.

Unk

Cara da vizinhança

Não estou nem aí para a porra do diretor.

Ele não ligava para mim.

Hã?

Aquele cara nunca olhou na minha cara, era como se eu não existisse.

A única vez que ele falou comigo foi para gritar que eu tinha que ficar longe da escola.

Eu sou daqui. Eu estava aqui primeiro! *Nemvemcomessa!*

Esses pretos metidos vêm pegar tudo, igual aos brancos.

BEM-VINDO AO GUETO, MEU BEM. HAHAHAHAHAA!

Tá ligado?

VIDA LONGA À CIDADE CHOCOLATE!!!!

Wilson Hicks

Supervisor Discente da Escola Preparatória Urban Promise

Meu Deus.

Eu achei o corpo.

Meu Deus, por que logo eu?

Nunca tinha visto sangue daquele jeito. Um rio vermelho vazando na mesa.

Os olhos vidrados me encarando.

Cheguei perto e gritei "Kenneth! Kenneth!".

Olhei o corpo dele. Não sabia de onde estava saindo o sangue. Tapei o nariz porque o fedor de fezes era insuportável. Kenneth tinha se cagado. Sempre tinha ouvido falar que as pessoas se cagavam quando morriam, mas achei que era mito.

Fui andando para trás. Senti meu rosto queimando. Suava em bicas. A primeira coisa que veio na minha cabeça: como foram os segundos finais? Ele estava com muito medo quando puxaram o gatilho? Ele sentiu dor? Ele estava com medo de morrer?

Mas nunca vou saber.

Mesmo agora, continuo revivendo aquela noite, tudo volta para minha cabeça. Eu podia ter feito alguma coisa diferente? Podia ter evitado aquilo?

Éramos melhores amigos? Não. Tecnicamente, ele era meu chefe. Mas quando Kenneth criou a escola, fui o primeiro contratado por ele, e nós dois construímos algo incrível juntos. Podem falar o que quiserem dos métodos dele, ou até dos meus, mas a gente conseguiu conquistar coisas. Claro, amávamos as crianças de um jeito bruto, mas nunca passamos dos limites. A gente se preocupava demais com os meninos, e só queríamos o melhor para eles. Queríamos que eles fossem reis. A gente até começou o fundo de bolsas Promise, para mandar os garotos para faculdade caso eles não conseguissem dinheiro. Mas as pessoas não entendiam que a gente estava formando homens, não mimando garotinhos.

Infelizmente, alguns alunos se recusam a crescer.

J.B. Williamson, Ramón Zambrano e Trey Jackson, garotos que se recusavam a crescer.

Um deles fez isso, talvez os três juntos. Sabemos que os três brigaram com Kenneth aquele dia.

Se eu tivesse que apostar, seria no J.B. São sempre os quietinhos que fazem bobagem. Os que ficam engolindo seus instintos violentos. Além disso, J.B. é do Benning Terrace. Eu já vi muitos da laia dele. A gente sabe muito bem que tipo de gente sai de lá.

Bando

Vigarista da vizinhança

Saca só! Acabei de ver meu parça! Agora estão falando que ele pode ir preso por assassinato? J.B. nunca foi de fazer essas paradas. Quer dizer, ele ficava na rua, mas não estava de sacanagem nem nada. Ele sempre me pareceu um garoto maneiro. Mas eu sei que o cara tinha culhões. Se fosse pressionado, podia brigar e mandar você para o hospital se acertasse um soco.

{inspira}

Lembro uma vez, na parada que a gente estava fazendo, e o J.B. ficou no canto da quadra, quieto. Ele é enorme, então todo mundo achou que ele ia ser uma fera no basquete, mas, no fim das contas, ele nem joga. Enfim, a gente precisava de mais um jogador, então convenci o cara a entrar. E por um tempo, ele ficou lá, mas como ele era grandão, o pessoal ia direto para cima dele. Toda vez que eles tentavam driblar, esbarravam no cara. Socaram o braço dele tentando fazer a bola passar.

J.B. era suave, sabe, nunca quis problema, só queria ficar lá de boas. Mas ele tinha limites, como todo mundo. Então, quando a galera viu que ele não era agressivo, começaram a irritar o cara ainda mais! Um mané acertou J.B. com o cotovelo do nada, e o J.B. encarou o cara com o soco de direita mais certeiro que eu já vi. Foi quase um reflexo. Saiu sangue para todo lado. Quebrou o nariz do cara que caiu desmaiado antes de entender o que J.B. tinha feito.

{exala}

Mas mesmo assim, eu nunca vi potencial de matador nele.

{inspira}

Mas assim, eu conheço um monte de cara que não era matador até matar. Tipo, com catorze anos, cara. Sabe, às vezes essa coisa fica escondida em você até a hora certa.

{exala}

Acho que é possível. Talvez J.B. tenha feito isso mesmo. Talvez ele tenha deixado a raiva ganhar.

Sr. Reggie

Guarda da Escola Preparatória Urban Promise

Quase ninguém fica na detenção nos dias de jogo. Ainda mais *naquele* dia. Eliminatórias, eu acho. Esses meninos já têm uma vida difícil nessa escola: sem conversa, sem risada, sem *garotas*. A única válvula de escape deles é o time de basquete.

Todo mundo pode vir assistir ao jogo, e esse ano estamos indo muito bem, então as garotas vêm do outro lado da cidade para ver os meninos jogarem. Eles adoram. E é por isso que eu achei que ia conseguir fugir do serviço na detenção e ir para casa mais cedo, para variar, mas ainda assim alguns garotos aprontaram: J.B., Ramón e Trey.

J.B. foi o primeiro, e, tenho que admitir, fiquei surpreso. Nos meus seis anos nessa escola, posso dizer com confiança que nunca vi J.B. Williamson na detenção. Um garoto quieto, enorme, mas calmo.

Ramón chegou depois. Ele ficava indo e voltando da detenção, normalmente porque era pego jogando dados ou matando aula, nada de grave. O normal. Coisa de menino bobo. Eu gostava disso nele, ele tinha carisma. Ele entrava, penteando aquele cabelo brilhoso, e me fazia lembrar do Fonz. Sempre que ele me via, falava "Opa, senhor, como estão indo os Corvos?" desde que ele viu minha caneca dos Corvos de Baltimore.

— Estamos indo bem. — Eu sempre respondia, sendo ou não verdade.

Ele não se importava com aquilo, mas ele sabia que me agradar era bom, caso ele pegasse detenção. Ele era esperto assim. Até meio manipulador. Fofo.

Então é óbvio que naquele dia o Ramón entrou na sala perguntando dos Corvos. Ele cerrou os dentes, um pouco nervoso. Normalmente ele não é um garoto raivoso, mas percebi que alguma coisa o estava consumindo. Perguntei se ele queria conversar, mas ele só deu de ombros, fazendo careta. Mas eu sabia lidar com ele, não importava o quão nervoso estivesse, era o Ramón.

Mesmo com esse comportamento dele, ainda achei que seria um serviço leve até que... chegou o Trey Jackson. Trey VIVIA aqui. A gente batia cabeça todo dia. Mas ele agia como se fosse engraçado. Parecia que ele estava tirando uma com os guardas da escola.

E naquele dia, Trey ficou pedindo para ir ao banheiro, várias e várias e várias vezes. Ele devia achar que eu tinha cara de otário! Nós dois sabíamos que ele só queria passar na quadra para ver o jogo. E ainda assim, Trey me perturbou tanto, levantando a mão e fazendo barulho toda hora, que eu acabei deixando ele ir.

De primeira, eu não pensei muito naquilo, mas depois de um tempão, percebi que ia ter que ir atrás dele. Como só J.B. e o Ramón estavam na sala, achei que como eles eram tranquilos, tudo ia dar certo. Eles iam ficar quietinhos, seguir as regras até o fim.

Procurei pela escola e não achei nada.

Nunca achei o Trey.

Mas daí eu ouvi o *bang*. A escola ficou insana. Todo mundo gritando no corredor. A quadra cheia. Eu e os outros guardas saímos correndo em direção ao barulho do tiro. E cheguei junto com eles até perto da detenção.

Quando chegamos, J.B. e Ramón não estavam lá. O supervisor Hicks estava gritando, pedindo ajuda na outra porta, e foi aí que vi que o diretor Moore tinha sido baleado. Chamamos a ambulância na hora e tentamos manter as pessoas afastadas.

Em todos esses anos como guarda escolar, nunca dei mole para as crianças, e, no dia que fiz isso, alguém morreu.

Eu me sinto péssimo. Não importa como eu olhe para a situação. Eu sou o responsável. Se eu não tivesse deixado o Trey sair, talvez isso não tivesse acontecido. Mesmo que outro garoto tenha feito isso, eles não iam ter tido a oportunidade se eu tivesse feito meu trabalho e ficado na sala. E se não tiver sido nenhum deles, se eu estivesse na sala do lado da do diretor, talvez eu pudesse ter pegado o assassino. Ou salvado a vida do diretor.

Mas... talvez tenha sido sorte eu não estar lá. Talvez eu tivesse sido baleado também. Talvez Trey tenha salvado a minha vida. Não sei.

Mas não importa, não consigo esquecer. Principalmente aquilo que vi na sala do diretor, embaixo da mesa. Meu coração quase parou. Não sei se mais alguém viu. Mas quando a ambulância levou o corpo embora, eu vi o pente do Ramón no chão. Como ele pode ter ido parar lá se Ramón não tivesse entrado na sala?

Não falei nada para a polícia porque, bem, eu não *sei* o que aconteceu, e a última coisa que eu quero é colocar mais um menino de pele mais escura atrás das grades, mas cara, isso tá zoando a minha cabeça.

Será que foi o Ramón? Era para ele ser um dos garotos bonzinhos.

Sra. Williamson

Mãe de J.B.

Querido Pai celestial,

Peço que abençoe meu menino. Meu único menino. Peço humildemente, Pai eterno, e peço perdão por qualquer pecado que meu amado filho tenha cometido, e peço que descubram a verdade. Isso vai provar que ele é inocente.

Senhor, tende piedade, Pai nosso. J.B. é um bom menino, bom de verdade. Ele não fica por aí na rua como os outros, ele tira boas notas, e nunca se meteu em confusão. Sei que foi um dos outros garotos que fez aquilo com o senhor Moore. Não pode ter sido o meu J.B.

Por favor, Deus, por favor, olhe pelo meu bebê.

Amém.

Interrogatório de J.B.

(Transcrição do áudio original)

Investigador Bo: Fale seu nome, por favor.

J.B.: J.B.

Investigador Ash: Nome completo.

J.B.: Jabari Williamson.

Investigador Bo: Onde você mora?

J.B.: Simple City.

Investigador Bo: Então você anda com os caras do Choppa?

J.B.: Não.

Investigador Ash: Onde você estava no dia dez de outubro, mais ou menos às seis e meia da tarde?

J.B.: ...

Investigador Bo: Você tem que responder.

J.B.: Na escola.

Investigador Bo: Onde na escola?

J.B.: Detenção.

Investigador Bo: Por que você estava lá? Você se mete em confusão?

J.B.: NÃO! Quer dizer, não, não me meto. Nem tinha feito nada. Nem devia estar lá. Era minha primeira vez.

Invetigador Ash: O que você ouviu?

J.B.: Não muito. Só o tiro.

Investigador Bo: E você não viu ninguém entrar ou sair da sala do senhor Moore?

J.B.: Não.

Invetigador Ash: Você gostava do diretor?

J.B.: ...

Investigador Ash: EU PERGUNTEI SE...

J.B.: Eu ouvi!

Invetigador Ash: Então responde!

J.B.: Eu não sei, cara.

Invetigador Bo: Então como você se sente agora que ele morreu? Foi o método dele que salvou você, afinal das contas.

J.B.: O método Moore não fez nada por mim.

Investigador Bo: Foi por isso que você o matou?

J.B.: Não vou mais falar nada.

Investigador Ash: Para de bobagem, garoto! Por que você estava coberto de sangue do diretor se não tem nada a ver com isso, hein?

Investigador Bo: E pode contar sobre a briga entre você e Moore naquele dia.

J.B.: Bem...

Investigador Ash: Tenho que lembrar a você que a coisa não está boa para o seu lado? Para de palhaçada! Para com esse negócio de *eu não sei* e para de mentir. Sua melhor chance é falar logo. Talvez o juiz considere isso e pegue mais leve se você...

UM DIA ANTES DO ASSASSINATO

J.B.

CAPÍTULO UM

Briga

J.B.

Fico sentado na sala esperando que o sr. Finley peça que a gente faça uma fila para ir embora. A gente não deve se mexer até o professor levantar o dedo, mas é difícil ver do fundão. São quatro filas, com oito alunos em cada, e, como sou alto, sempre fico no fundão.

Fico olhando para a cabeça do Brandon Jenkins. Parece um amendoim. É horrível. Quando ele levantar, eu levanto. Como sempre.

Olho para cima do quadro eletrônico e vejo o slogan da escola: PROMETEMOS.

Só de ver essa palavra, já começo a pensar no hino da escola:

Nós prometemos.
Nós somos os jovens da Escola Preparatória Urban Promise.
Nós estamos destinados à grandeza.
Nós vamos para a faculdade.
Nós vamos ser bem-sucedidos.
Nós somos extraordinários porque nos esforçamos muito.
Nós somos respeitosos, dedicados, comprometidos e focados.
Nós tomamos conta dos nossos irmãos.
Nós nos responsabilizamos pelo nosso futuro.
Nós somos o futuro.
Nós prometemos.

Eles fazem a gente decorar isso na sexta série. Falamos três vezes por dia. Mais vezes do que juramos à bandeira.

Olho para os outros alunos, me perguntando se eles também lembram do hino. Todos nós recebemos a *promessa* de um futuro melhor. Não que a gente precise. Muitos de nós conseguiriam coisas boas mesmo sem a ajuda do diretor Moore, mas quem sou eu pra falar?

Sabe, a maioria dos alunos está aqui porque teve dificuldades nas escolas comuns. São aqueles que os professores não querem ensinar, que ninguém entende. O diretor sempre fala que foi por isso que ele construiu a escola.

Acho que funcionou na maioria das vezes.

Tive dificuldade no ensino fundamental todo. Não porque eu não era inteligente. Mas porque ninguém se importou em me ensinar de um jeito que eu aprendesse. Naquela época, eu nem sabia que *existiam* jeitos diferentes de aprender.

Então, na segunda parte do ensino fundamental, minha mãe começou a falar que não havia nenhuma escola pública na vizinhança que fosse boa o suficiente para mim. Então alguém da minha antiga escola deu um folheto da Promise para ela, a melhor escola pública autônoma para garotos.

Mas desde o primeiro dia eu não gostei daqui. Os uniformes são rígidos. Não tem essa de "fazer amizade" com os outros alunos. Não podemos falar a não ser que seja com os professores ou outro adulto. Não podemos ouvir música nem ter celular. Não podemos nem usar sapatos ou meias coloridas!

E você não pode ficar de pé na sala antes do professor levantar o dedo.

A receita para a formação de jovens homens, é o que o diretor sempre fala.

Brandon levanta, então eu levanto também. A sala toda levanta de uma vez, como se fizéssemos parte de um batalhão. Se não levantarmos ao mesmo tempo, a maioria dos professores vai fazer a gente sentar para tentar de novo, até conseguir. Um dos mandamentos do Método Moore é: *faça tudo bem-feito, por completo e perfeitamente, com orgulho.*

Se você quiser sair desse lugar na hora certa, você levanta de primeira.

O sr. Finley levanta dois dedos. Isso significa que podemos nos virar para a porta. Quando ele levanta três, fazemos uma fila com as mãos nas costas.

— Dyson, levou um demérito — grita ele.

Se suas mãos não estiverem no lugar certo, você leva um demérito, e o professor desconta pontos da sua "conta".

Dyson dá de ombros e faz um barulho com a boca.

— Agora são dois.

Balanço a cabeça. Ele devia saber que isso ia acontecer.

A conta de todo mundo está em 100 no começo dia. Se você levar um demérito, o professor diminui sua conta por um aplicativo idiota no tablet.

O tempo todo escuto *bip... bip... bip* pelos corredores. É pior que unha na lousa. O pior é que não dá para recuperar os pontos, só perder. É injusto para cacete.

Dyson leva mais um. Balanço a cabeça. Ele está quase indo para a detenção, com certeza.

Ando atrás de Brandon, tentando me manter focado para não errar nada. O sr. Finley podia ter pegado leve com o Dyson. Ele normalmente é de boa. Mas parece que está de mau humor. Mas eu vejo isso o tempo todo nessa escola. Coisas que eu não sei se outros alunos ou professores veem.

Acho que não dá para saber ao certo porque eu não tenho muitos amigos na escola. Nunca joguei basquete nem futebol, então nunca andei com os atletas. Com certeza não combino com os nerds, os garotos que amam esse lugar. Eles falam daqui como se falassem da sua gangue ou coisa assim. E eu não sou mais de me meter em confusão, então você não vai me ver junto dos "baderneiros", como diz o diretor. A única professora que eu gosto é a sra. Hall porque ela pega leve com a gente depois que fecha a porta da sala. Não preciso me preocupar tanto com a minha conta se estiver fazendo meu trabalho.

Aguenta só mais um pouco, penso. Preciso focar no meu plano: ficar na miúda, tirar notas boas, e em troca, ir para uma faculdade bem longe daqui.

Vamos para o corredor, e é aí que todos tomam caminhos diferentes até seus próprios armários.

— Vamos, meninos, vamos! — grita o diretor Moore, fazendo a caminhada de costume. — Estudiosos não perdem tempo. Reis andam com propósito... e é isso que somos.

Para a maioria das pessoas, ele é um cara grande. Mas como tenho 1,90m, sou um pouco maior do que ele.

— Continuem andando! Vamos ter um dia ótimo, cheio de promessas, garotos. — A voz dele é grossa e ecoa pelos corredores. Ele arruma a gravata. Ele é o tipo de cara que está sempre com a camisa abotoada até o colarinho. Sempre. O carro preto luxuoso e perfeito está sempre limpo. A maleta de couro perfeita com as iniciais dele gravadas na lapela. Ele sempre se veste com perfeição. O nó da gravata, a fivela do cinto brilhando, o lenço dobrado no bolso da frente do paletó. Ele é elegante. Mas é grosso pra caramba.

— Malcolm, precisa engraxar esses sapatos. Vai pegar a graxa da sra. Tate na minha sala.

— Key Shawn, essa calça está muito amarrotada. Você devia saber disso. Vai pegar o ferro do supervisor Hicks. Se ajeite.

— Hora de um corte, Hugh. Está um pouco desleixado. Não pode ficar assim. Venha na minha sala depois das aulas, vou pegar a máquina de cabelo.

Excelência. Mais um slogan do método Moore é: *perfeição, excelência e disciplina*. Mas, pelo menos, ele se importa.

— Sim, senhor — responde o garoto, olhando pra baixo.

— Mantenha a cabeça erguida.

O garoto faz o que ele manda, mas evita encarar os olhos do diretor.

— Você deveria estar sem gravata na escola?

— Não, senhor.

— Então você escolheu desrespeitar não só você mesmo como essa escola?

— Não, senhor. Não quero desrespeitar alguém.

— Ninguém — corrige o diretor.

— Não vai acontecer de novo — murmura o garoto.

— Sei que não vai, espero você na sala de detenção. — O diretor sai.

Todo mundo se entreolha, com pena do garoto, mas ninguém pode perguntar como ele está por causa da regra de silêncio nos corredores e tal. Eu não vou diminuir minha conta.

Mas eu conheço aquele garoto, Solomon. Não sei se Moore se importa, mas como muitas famílias nessa cidade, a de Solomon passa dificuldade. Não sei, talvez ele só tenha uma gravata e tenha acontecido alguma coisa com ela. Mas isso não é desculpa para Moore, ele não se importa. O mais insano é que Solomon é um daqueles meninos que *gosta* de estudar na Promise.

Mas não tenho tempo de resgatar ninguém. Pego minhas coisas no armário e continuo andando.

Tenho que sair daqui.

Passo de uma vez pela porta da escola, me coçando para fugir da fila perfeitinha de saída. Mas espero até ter virado a esquina para não ter que refazer nada. O sol bate em meu rosto e os sons da rua me pegam, uma boa trilha sonora depois de um dia de silêncio. Literalmente, não existe uma sensação melhor do que sair da Promise. O peso que carrego o dia todo em meus ombros some, me sinto mais leve.

Conforme o prédio da escola vai ficando cada vez mais distante, até minha língua começa a relaxar. Sinto que posso voltar a falar como realmente falo, como o pessoal lá de casa, na região sudeste da cidade. A Promise fica na região nordeste. Não é um lugar horrível, mas também não é ótimo. Nada como meu bairro, Benning Terrace.

Afrouxo a gravata, quero chegar logo em casa e tirar esse uniforme. O blazer azul-marinho combinando com as calças retas que não podem ser largas demais. A camisa azul-marinho que *precisa* ser usada junto com a gravata listrada de azul e amarelo. Além de tudo, o sapato preto pesado. É um exagero.

Ando em direção ao ônibus e então recebo uma mensagem da minha mãe me pedindo para passar na loja e comprar peito de frango e cebola. Ela já devia imaginar que eu ia esquecer de tirar o frango que temos do congelador.

Mudo a rota e volto para ir até a mercearia do Mariano. Passo por vários caras conhecidos. Todo mundo vai para o Rocky depois da aula, se reunir e conversar. Mas eu os ignoro, passo direto pela calçada. Não tenho tempo de me juntar a esse povo.

Durante a caminhada, dez quarteirões, tento esvaziar a mente. Por algum motivo, não consigo parar de pensar no Solomon. Aqueles olhos, e o jeito como ele se encolheu quando Moore começou a implicar. Então pego meus fones para ouvir a nova batida que fiz, penso nas frases perfeitas que posso dropar. Preciso me distrair.

A mercearia está cheia. Ando com uma cestinha na mão tentando ser rápido em pegar o que minha mãe precisa. Passo pelo corredor dos doces, pronto para pegar um pacote de bala Now and Later quando escuto alguém me chamar. Tiro os fones.

— J.B., sorria de vez em quando! Você vai se sentir melhor! Está tudo bem?

É a sra. Hall, e estou surpreso em encontrar ela aqui. Ela é uma das professoras das antigas, está na Promise desde a inauguração, e uma das poucas legais, mas ainda assim não é o tipo de professora com quem você quer conversar. O diretor Moore não fala com ela de qualquer jeito. Quando ela contou que ia tirar uma longa licença-maternidade, todo mundo ficou triste e confuso. Ela nem parecia estar grávida. Mas o que eu faço agora?

Ela vem na minha direção.

— Oi, professora Hall, estou bem. O que está fazendo?

O carrinho dela está cheio de coisas saudáveis, o tipo de coisa que eu espero de alguém como ela, mas duas garrafas de vinho se chocam enquanto ela empurra o carrinho para perto. Estranho. Grávidas podem beber vinho? Minha mãe diria que eu preciso é cuidar da minha vida.

— A mesma coisa que você, pelo visto. — Ela sorri, mas seus olhos parecem cheios de tristeza, e ela fica mordendo o lábio.

— É. Só estou pegando umas coisas para minha mãe.

— Está tudo bem na escola? — pergunta ela, os olhos ficando ainda mais intensos.

Dou de ombros e respondo:

— Tudo normal, senhora.

A mesma merda de sempre, é o que quero responder, mas acabo guardando, minha mãe diz que isso não faz bem.

Ela se mexe de um lado para o outro, talvez esteja um pouco distraída.

— E *você* está bem? Foi visitar a escola? — pergunto.

— Ah, estou bem. Só... sinto falta de dar aulas. Sempre penso em vocês, meninos. Fui até lá para uma reunião com o diretor Moore. E *isso* aconteceu como o esperado. — Percebo raiva na voz dela.

Ficamos em um silêncio constrangedor por um tempo. Começo a esboçar uma resposta, mas ela se endireita como se lembrasse onde está e com quem está falando, um aluno e não outro adulto. Ela se despede e desaparece no fim do corredor.

— Isso foi estranho — sussurro, baixinho.

Vou para o caixa. Todos os de autoatendimento estão fechados, então tenho que encarar a atendente que faz toda uma cena para ter certeza de que a nota de vinte que uso como pagamento não é falsificada. Tento manter a calma. Está tudo bem. Estou acostumado. Mas se isso fizer com que eu perca o ônibus, não respondo por mim.

Ela por fim me deixa ir e saio de uma vez. Me enfio no meio da multidão da hora do rush, queria muito encontrar um lugar para ir sentado no ônibus, mas sei que tenho poucas chances.

Noto um lugar lá no fundo, mas enquanto ando, percebo que é o lugar ao lado de Unk, um idoso que sempre fica vagando pelo bairro. Não estou no clima de conversa, mas por sorte ele está apagado. Provavelmente dormiu de bêbado. Se estivesse acordado, estaria tagarelando, difundindo conhecimento, ou declarando alguma máxima sobre a vida, ou mesmo matraqueando sobre alguma teoria da conspiração que parece tão absurda que até pode ser verdadeira.

Pego meu telefone, coloco os fones e continuo minha música. Escrevo alguns versos para a batida.

Gatinha, estou na sua, não é uma metáfora, é físico.

Um ótimo jeito de começar uma letra. Mas não é como se fosse falar isso na frente da garota que está na minha cabeça. Keyana. Ela é, de longe, a garota mais incrível do bairro. Ela tem a pele de um marrom quente e sem nenhuma mancha, nunca vi nada igual. O cabelo cai sobre os ombros, cada mecha para um lado. É bem preto, não fica mais claro no sol nem nada assim.

Mas os olhos ficam. Quando a luz bate do jeito certo, aqueles olhos castanhos brilham como o sorriso dela.

Mas, além disso, Keyana quer a mesma coisa que eu: uma chance de sair de Benning Terrace e fazer algo grandioso. Algo melhor do que vemos os caras daqui fazerem.

A gente trocou ideia algumas vezes, mas ela sempre ficou com um pé atrás. Disse que não confia nos caras depois que um babaca mostrou as mensagens que trocaram. Entendo o lado dela. Disse que podia bater no cara, mas ela não me contou quem foi. Mas eu sei que foi alguém da escola dela, Colégio Anacostia.

Olho pela janela. A escola de Keyana passa a minha esquerda. Estico o pescoço para ver se ela está por ali, vai que consigo dar uma espiada, mas ela já deve estar indo para casa. A gente devia estudar juntos ali.

Mas todo mundo (inclusive minha mãe) acha que a Promise é bem melhor e maravilhosa por conta da taxa de aprovação no vestibular. Só que as pessoas não sabem que a Promise dá um jeito de expulsar qualquer garoto que não tenha chance de entrar na faculdade. Eles são expulsos e mandados de volta para a escola do bairro, sem ninguém para ajudar. E se eles quase não tinham chance de entrar na faculdade antes disso, definitivamente não vão conseguir depois de ter uma expulsão registrada na ficha escolar deles.

O ônibus para, fazendo barulho. Salto e começo a andar em Benning Terrace. Simplicidade. Casa. O portão abre e desvio de uma goteira. Algum vazamento que não foi arrumado. É um dos conjuntos habitacionais mais antigos da cidade, e ninguém se importa em arrumar. A prefeitura vive dizendo que vai demolir e construir de novo, e isso deixa as pessoas irritadas. Pelo menos as pessoas negras. Que são as que vivem aqui. Que construíram essa cidade. Eu não me importaria. Seria uma boa desculpa para nos mudarmos daqui.

Vou até o bloco A, passando pela quadra onde fica nosso apartamento.

Enquanto vou chegando mais perto, vejo Bando. Ele é alguns anos mais velho que eu. Acho. É difícil ter certeza com caras como ele. De vez em quando peço para ele comprar um vape ou uma cerveja para mim, então acho que ele deve ter mais de vinte e um, porque ninguém pede a identidade dele. Mas ele também é o tipo que teria uma identidade falsa, então não dá para saber. Além disso, ninguém mexe com ele. Ele tem fama. Todo mundo sabe quem é o malandro que só se importa com dinheiro.

— Qual é, J.B.? — Bando me cumprimenta com um soquinho, a mão dele está superquente e suada.

— Nada demais, só estou voltando para casa depois da escola.

— Boa, vem comigo rapidinho.

Bando nunca me deixa dizer não. Ele é tão falastrão que já vi ele se safar de posse de maconha uma vez. Bom demais.

Ando com ele até a esquina e entramos no beco atrás do nosso prédio.

— Aonde a gente vai, cara?

— Você já vai ver. — Bando vai até duas lixeiras azuis e mexe na bolsa de marca que ele usa. Sempre na moda. — Olha isso.

Ele pega uma arma e me mostra, sem nenhuma preocupação, como se ele estivesse me mostrando um card de baseball especial ou alguma coisa inofensiva assim. É prateada com o cabo preto. Pequena, mas firme. Fico gelado só de olhar. Já tinha visto uma arma antes, mas não tão de perto assim. Perto demais. Mas consigo manter meu rosto sem expressão, não posso deixar ninguém me ver nervoso.

Não sei muito sobre armas, mas dou um chute e digo:

— É uma .38?

— É sim. Estou vendendo essa belezinha por um preço camarada. O que acha?

Sou tomado pelo pânico. Engulo em seco e balanço a cabeça.

— Estou de boa, cara. Mas é uma belezinha mesmo. — Não me envolvo com armas.

— Se é, você sabe que prezo pela qualidade. Porra, fala comigo se mudar de ideia. Você sabe onde me encontrar, lugar de sempre.

Pior que eu sei. Meio triste isso.

Saio do beco e Bando vai mijar.

E quando estou indo para o bloco, a vejo. Keyana. Paro e dou uma cheirada na minha blusa para ver como estou.

A coisa que eu mais odeio em mim é o suor. Sempre que fico nervoso, envergonhado, com medo, qualquer coisa, eu suo. Minha pele esquenta e minha axila vai com Deus. Minha camisa já está quase toda molhada porque Bando me mostrou aquela arma, e agora só vai piorar.

Respiro fundo e tento manter a compostura. Pego um chiclete para não ficar com bafo.

— Se acalma — murmuro.

Keyana ainda não me viu.

— Olha pra cá, olha pra cá — murmuro de novo. Quero ver o sorrisão dela quando me vir. Ela vai revirar os olhos, parecer irritada como as garotas em geral fazem, mas no fundo eu sei que ela quer me ver.

Ela começa a levantar o olhar, mas uma BMW preta para. O vidro do passageiro desce.

— Qual é a boa, gatinha?

Keyana ignora o cara e continua a andar, mas ele a segue, o carro se aproximando cada vez mais. Ela olha de um lado pro outro e me vê, em vez do sorriso, o olhar dela diz: *me ajuda*.

O cara sai da BMW.

— Ei, não me ouviu, não?

Consigo ouvir as risadas vindas do carro. Tem mais gente ali.

O cara segura o braço de Keyana, levando-a para mais longe de mim.

— Opa, calma aí. Que pressa é essa? Está atrasada? A gente pode te dar uma carona. Onde você quer ir?

— Não, obrigada. Não precisa — responde Keyana.

— Tem certeza?

— Tenho. — Ela dá um passo para trás.

— Olha, pelo menos me passa seu telefone depois de todo esse trabalho. — Ele lambe os beiços olhando para ela.

Corro um pouco e os interrompo.

— Keyana, você conhece esse cara?

Os dois olham para mim. De perto, o cara parece um pouco mais velho, talvez tenha dezoito anos. Mas sou mais alto que ele. Ele me olha de cima a baixo e recua.

Mesmo que eu tenha medo de briga, uso meu tamanho para intimidar as pessoas o tempo todo. Eu nunca tive que brigar *de verdade* até o final do ensino fundamental. Quer dizer, eu nunca começava a briga, mas nunca me importei em acabar com ela.

— Quem é você? — pergunta o cara.

— Sou o namorado dela, e você?

Óbvio que eu não sou o namorado dela, mesmo querendo. Mas algumas amigas minhas sempre me pedem para fingir ser o namorado delas quando caras tentam falar com elas. Na verdade, ninguém acredita nisso, a gente sabe que é mentira.

O cara vem na minha direção.

— Com quem você acha que tá falando?

Enquanto nos aproximamos, Keyana se coloca entre nós dois. Ela me olha e diz:

— Tá tudo bem, amor, vamos embora.

A gente sai andando.

O cara nos segue, gritando:

— Ninguém quer você mesmo, baranga!

Keyana aperta minha mão, tentando me manter firme porque deve ter percebido minha vontade de virar.

— Pau mandado — diz ele.

Eu paro.

Me viro.

— O que você disse?

— Você ouviu, pau mandado de mulher. — Ele ri.

Eu poderia lidar com a situação de várias maneiras, mas talvez por Keyana estar comigo, talvez por meu dia ter sido horrível na escola, talvez por odiar ser desrespeitado ou por tudo isso… Eu dou um soco.

Pego o cara com um gancho de direita e ele cai. O amigo dele sai do carro para levantar ele do chão. É nítido que ele não quer arrumar confusão comigo.

Keyana puxa meu braço. Estou com medo de virar para ela porque sei que ela vai estar desapontada comigo.

Estraguei tudo. Devia ter continuado de boa.

Ela me puxa mais uma vez e diz:

— J.B., vamos!

Olho para ela, pronto para ver a raiva. Mas os olhos dela estão cheios de felicidade, até um pouco de animação.

— Vamos, vamos sair daqui! — Ela está quase rindo.

Agora já tem um pessoal por aqui. Tem gente filmando o cara arrastar o amigo para o carro.

Eu e Keyana vamos para o outro lado. Primeiro estamos andando, depois andando rápido e por fim correndo, começo a suar quando percebo para onde estamos indo.

Para a casa dela.

CAPÍTULO DOIS

Namorado

J.B.

Estamos sentados na cama de Keyana enquanto ela segura um saco de gelo na minha mão. O dente do cara me machucou. Mas tento ignorar a dor. Nunca estive na casa dela, muito menos em seu quarto, mas o lugar é bem como imaginei: recortes de revista, pôsteres vintage de hip-hop e capas de discos pela parede toda. Tudo está arrumado e o quarto é super cheiroso.

Enquanto ela tenta ajeitar minha mão, olho o rosto dela, a curva dos lábios, como os longos cílios se movem, as sardinhas que ela tem no nariz. Quero beijar Keyana. Quero saber o gosto de sua boca. Quero estar perto dela. Tento desviar o olhar, mas estou hipnotizado.

Keyana interrompe minha imaginação e pergunta:

— Você está bem?

— Hã? É, estou bem. E você?

— Aham. — Ela ri. — Você não precisava ter feito tudo aquilo, sabia? Lá fora.

— Ele não devia ter tratado você daquele jeito. Ele falou demais.

— Eu sei, você tem razão, ele realmente mereceu.

O sol se põe. Uma luz dourada entra pela janela, pegando bem nos olhos castanhos de Keyana. Sexy demais. Quero passar os braços nela e grudar sua pele na minha. Quero que ela sinta como meu coração bate forte quando estou perto dela. Quero que ela saiba como eu me sinto.

— Entããão, você falou sério? — pergunta ela.

— Sobre o que?

Ela levanta as sobrancelhas.

— Sobre ser meu namorado. Você foi bem convincente.

— Como posso ter falado sério? Você sabe que não é minha garota.

— É porque você fica aí na gandaia. Deve ter um monte de garota.

Dou risada e balanço a cabeça.

— Nem vem.

Todo mundo diz que sou mulherengo. Não sei como nem o porquê, eu só tive uma garota. Tem caras lá no meu bloco que falam de mulher o dia inteiro. Eu não sou assim. E não é porque não posso ser. As garotas gostam de mim, eu sei disso... mas quase nunca me interesso por elas. Pelo menos até Keyana.

Preciso de mais do que um rostinho bonito. Preciso de alguém que me faça querer ser uma pessoa melhor. Keyana faz isso. Ela é esperta, talentosa e pode ser muito engraçada. Eu a admiro, e isso é difícil de acontecer.

Mas toda vez que chego perto, ela sai, dizendo que eu não sou sério ou que eu tenho outras garotas. Isso não pode ser menos verdade. Preciso provar a ela.

— Ainda que eu tivesse, largaria todas por você. — Passo a língua pelos lábios, como já vi caras mais velhos fazerem. Provavelmente é idiota. Não sei se pareço descolado ou babaca. *Fica calmo. Fica frio*, penso. Se eu ficar nervoso, vou começar a suar.

— Aham, sei. — Keyana guarda o kit improvisado de primeiros socorros.

Se existir qualquer chance de fazer alguma coisa, é essa. Estou sentado na cama dela, estamos sozinhos. Mas ainda assim, uma vozinha na minha cabeça me diz para não ir rápido demais. Preciso saber se ela também gosta de mim.

Preciso que o momento seja perfeito.

— Tenho uma coisa para você. — Pego meu telefone, tentando não tremer.

— Ah, é? O que?

Percebo que só tem um jeito de mostrar pra Keyana que estou falando sério. A única coisa que nunca dividi com mais ninguém. Meus versos.

Pigarreio e começo a ler o que escrevi mais cedo:

"... Gatinha, estou na sua, não é uma metáfora, é físico,

Tenho medo de gostar de ti, não sei se é recíproco,

Sentir isso não faz sentido, não consigo escapar.

Eu amo a beleza da sua cor, é perfeição de se olhar,

Deixa eu fazer uma serenata, com...

Doces solilóquios solidificados em um só olhar,

O Google não conseguiu achar o amor que posso dar,

É uma coisa que a Wikipédia não consegue descrever e o dicionário on-line não consegue mesurar,

Só espero que você seja minha ao raiar."

Ficamos em silêncio depois que eu termino. Estou paralisado, sem conseguir tirar o telefone da minha cara. Não quero olhar para ela. Sinto suor escorrer pelas minhas costas.

Talvez ela tenha odiado?

Por fim, consigo ter coragem de levantar o olhar e vejo Keyana tentando não sorrir.

— Nossa, você não podia ter decorado isso, não?

Nós dois começamos a rir.

— Você gostou? — pergunto.

— É. Você é bom, né. — Ela sorri pra mim de um jeito tímido.

— Escrevi pra você.

— Sério? — Ela olha para baixo, inocente, quase triste. Não sei por que, mas alguma coisa me diz para puxar Keyana para perto, então pego sua mão e a trago para o meu lado.

— Sua família está em casa? — pergunto.

— Não, devem demorar para chegar. Por quê?

— Só pra saber. — Respiro fundo.

Keyana me olha com aquele sorriso tímido. Acho que ela sabe o que estou pensando.

Ela chega ainda mais perto de mim, na beirada da cama. Minhas mãos vão até seu quadril, e as dela, para o meu peitoral. Nos encaramos por um segundo antes de nossos lábios se juntarem como ímãs.

Quando nos beijamos, sinto uma onda de eletricidade percorrer meu corpo. Tento me entregar a essa sensação. Estou beijando a garota que gosto. Isso está mesmo acontecendo.

Keyana se separa de mim.

Abro os olhos e pergunto:

— Você está bem?

— A-hã, tô bem. Desculpa.

— Não precisa se desculpar, é só me dizer o que fiz de errado. — Pego a mão dela.

Keyana hesita, mordendo o lábio. Ela abre e fecha a boca várias vezes antes de conseguir fazer com que as palavras finalmente saiam.

— Não foi nada que você fez, é o que você vai fazer.

— Como assim? O que eu vou fazer? — Minha cabeça fica a mil. Com o que ela está preocupada? Ela não sabe o que eu sinto por ela?

Ela olha direto nos meus olhos.

— Eu realmente gosto de você, J.B. Gosto mais do que já gostei de alguém, e eu tenho um crush em você há um tempo, tenho que admitir.

Não consigo esconder o sorriso.

Ela apoia a cabeça no meu ombro.

— E eu tenho tanto medo de entrar de cabeça nisso e perceber que você não gosta de mim tanto assim.

É impressionante ver Keyana tão vulnerável. A garota mais bonita do mundo, preocupada que *eu* possa não gostar tanto *dela*.

— Keyana, você sabe que eu penso em você o tempo todo? Eu nunca gostei tanto assim de uma garota. E é porque você é diferente, eu sei disso. Você precisa saber que eu sou diferente também.

Ela se ajeita. Parece surpresa e continua a morder o lábio. Não sei o que ela está pensando. Sei que ela está refletindo.

Dou um abraço nela.

— Nunca vou fazer nada para machucar você, Keyana. Só vou te proteger.

Ela me encara e diz:

— Promete?

— Prometo — confirmo.

Ela me beija de novo.

— Está pronta pra ser minha namorada? — pergunto.

Ela fica vermelha e responde:

— Estou.

— Sério?

— Sério.

Acontece tudo de um jeito tão rápido e fácil que nem sei como processar.

Eu acabei de fazer isso. Pedi Keyana Glenn em namoro e ela aceitou.

Ela me beija de novo, me empurrando na cama, e eu puxo ela comigo.

Por um segundo, me esqueço de toda preocupação. Não me importo com a escola. Não me importo com a faculdade. Não me importo nem com sair de Benning Terrace. Só me importo com a garota na minha frente, feliz por ela confiar em mim o suficiente para se abrir comigo.

Quando terminamos, ficamos nos encarando até que começamos a rir.

— Qual é a graça? — pergunta ela.

— Nada, você é fofa. — Dou um beijo na testa dela.

— Você acha?

— Tenho certeza.

Ela sorri.

— Você também é fofo.

Ela se abaixa para me beijar, *Vrum*. A porta de entrada da casa se fecha no andar de baixo. Os olhos dela estão cheios de medo.

— Acho que é minha mãe. — Ela dá um pulo como se fosse faixa preta em karatê e vai até a janela. — J.B., vamos lá, você tem que ir embora!

— Você quer que eu pule da janela? — Pego minhas roupas e tento vestir o mais rápido possível.

— Cara, você é alto pra caramba, não vai cair tanto assim! — diz ela, me empurrando.

Dou risada enquanto vou até a janela, mas me viro e dou um último beijo em Keyana.

— Ligo pra você hoje à noite — diz ela.

Caio.

Keyana estava errada sobre a queda, mas valeu a pena.

Chego em casa um pouco antes de escurecer. Assim que abro a porta, o cheiro maravilhoso de frango assado me pega. O frango assado da minha mãe. Acho que o frango que estava no congelador acabou descongelando a tempo. Minha mãe só cozinha isso quando alguma coisa muito boa ou muito ruim acontece. A ansiedade toma conta de mim enquanto ando pelo corredor. Espero que ela não esteja chorando no fogão. Espero que seja uma coisa boa, uma comemoração.

— Mãe?

— Na cozinha! — grita ela.

Vou até lá e quase não consigo ver minha mãe por conta de tanto vapor vindo do fogão. Ela está cantarolando uma das músicas da igreja. Um bom sinal. Ela não canta quando coisas ruins acontecem.

— O que foi, mãe?

— Por que você chegou tão tarde? — Ela me encara com os olhos apertados, farejando uma mentira.

— Caaaara, o ônibus quebrou. Tive que vir andando. — Olho para o lado, tentando esconder a verdade.

— Hum, sei... trouxe as coisas que pedi?

Pego as compras na mochila e jogo na geladeira. Rezo para o frango não ter estragado, já que fiz um pequeno desvio.

— Como foi na escola? — pergunta ela.

— Foi igual.

Ela volta a olhar para a panela e diz:

— Bem, vai trocar de roupa, a janta vai ficar pronta logo.

— Tá, mas como *você* está?

Ela me encara com esperança no olhar e responde:

— Estou okay, meu bem.

Concordo com a cabeça. às vezes o melhor que pode acontecer é não acontecer nada de ruim. Parece que hoje é um desses dias.

Vou para o quarto e começo a fantasiar com Keyana. Pensando se ela gosta de frango assado. Quero aprender a cozinhar bem como minha mãe e fazer comida para nós dois.

Não quero que Keyana leve a mesma vida da minha mãe. Ela merece algo melhor. É por isso que me esforço tanto na escola, para que eu possa cuidar da minha futura esposa e da minha mãe.

Olho para o teto rachado. A coisa com a qual o proprietário do apartamento não se importa. Ele fica ignorando as ligações da minha mãe pedindo conserto. Mal posso esperar para ter dinheiro e me mudar daqui.

Começo a escrever uma mensagem para Keyana, mas paro. Não quero parecer insistente. Quero esperar ela me mandar mensagem primeiro, mas e se ela pensar a mesma coisa e não me escrever?

Fico com as mãos coçando. Argh. Se eu demorar demais, ela pode achar que não estou pensando nela. Por que isso tem que ser tão difícil? Amor é isso? Estou amando? Devo estar, né?

Envio a mensagem.

J.B.: Sua mãe percebeu que eu tava aí?

Keyana: Nada, tudo certo.

J.B.: Quando você ia me ligar?

Keyana: 8h, quando acabasse a lição.

Dou um sorriso. É a cara dela ser focada assim. Amo isso. Me arrumo e vou para a sala de jantar. Estou com fome.

Quase não sinto o gosto do frango que minha mãe fez, de tão rápido que eu como. Fico com os olhos grudados no telefone, esperando dar oito horas.

Quando o telefone toca, levanto correndo da mesa.

— Menino, se você não...

Nem escuto minha mãe me xingar. Já estou no quarto atendendo quando ele toca pela terceira vez.

— Oi... — Tento fazer com que minha voz soe suave e não como se estivesse esbaforido por sair correndo para o quarto.

Deito na cama e começo a perguntar um monte de coisas pra ela. Falamos como foi coisa do destino que eu tenha visto ela andando na rua da minha casa, saindo da casa de uma amiga. Ela me chama de ridículo por ter nocauteado aquele cara, e eu gosto disso. Sinto que posso proteger a minha garota. Falamos sobre como nos sentimos bem um com o outro. Falamos sobre nosso futuro e como vamos sair de Benning Terrace e morar em Hollywood um dia. Eu vou ser um rapper famoso e Keyana vai ser advogada. Seremos um casal poderoso.

— J.B., não brinca com o meu coração, juro — diz ela.

— Você não precisa se preocupar, Key. — Tento fazer ela entender como estou falando sério.

— Então agora que a gente está namorando mesmo, quando você vai me levar para sair?

— Que tal amanhã? Tem um jogo eliminatório na Promise. Encontro você na Anacostia e podemos ir juntos.

Jogos de basquete são ótimos para aparecer porque gente da cidade toda vai estar lá, todo mundo com a melhor roupa, tentando impressionar e ser descolado. Mas nada é mais descolado do que ter uma garota dessa com você. Todo mundo vai ficar com inveja que Keyana é minha namorada agora.

— Promete? — pergunta ela.

— Sempre falo sério com você, juro.

— Eu acredito.

A resposta dela é música para os meus ouvidos. Quero ser aquele cara diferente. O cara que sempre aparece. Aquele que é fiel. O que é dela.

— Você ronca? — pergunto.

— Hã? — Ela faz um barulho como se estivesse brava.

— Você ronca quando dorme?

— Nãããão. Por quê?

— Porque a gente vai conversar a noite toda. Tenho um monte de perguntas e não quero ouvir você roncando no meu ouvido.

— Nem vem. Tenho certeza que você ronca pra caramba. Vai ver você poderia até ganhar um campeonato de ronco.

A gente ri até soluçar.

Keyana e eu ficamos falando no telefone o restante da noite, quase dormindo, um ouvindo o outro respirar. Qualquer coisa é boa para que a gente se sinta mais próximo.

DIA DO ASSASSINATO

J.B.

CAPÍTULO TRÊS

Achado

J.B.

No dia seguinte, não vou nada bem na escola. Não consigo me concentrar em nada que os professores falam. Estou numa bolha onde só escuto a risada de Keyana. Encaro o vazio e começo a sonhar com os lábios dela nos meus. Sua pele macia. O cheiro de seu pescoço quando a beijei.

É aula da sra. Hall, história americana, mas o sr. Finley está como substituto durante a licença maternidade dela. A verdade é que mesmo a Promise sendo uma das melhores escolas da cidade, os professores não duram mais de dois anos. Parece que eles ficam aqui um pouco e somem como fumaça. Não tenho certeza se é por nossa causa ou por conta do diretor Moore. Já vi como ele fala com os professores, é pior do que com a gente.

O sr. Finley continua matraqueando e eu queria que a gente estivesse em um dos jogos educativos da sra. Hall, para decorar fatos da Segunda Guerra Mundial. Lembro que a vi ontem, a quantidade de garrafas de vinho no carrinho, os olhos tristes. Espero que ela esteja bem.

— Peguem o livro de apoio. Se não tiverem o seu, tenho alguns aqui. Quero ver todo mundo lendo! Olhos grudados na página! — grita o sr. Finley como se a sala não estivesse totalmente silenciosa e só desse para ouvir a voz dele.

Preciso de uma pausa. Levanto três dedos (o código para pedir para ir ao banheiro) e faço de conta que estou lendo *A autobiografia de Malcolm X* enquanto espero o sr. Finley me liberar. Mordo o lábio, pronto para ouvir ele dizer não porque saídas frequentes "atrapalham o cronograma institucional". A versão professoral de um babaca.

Mas, para minha surpresa, ele levanta os olhos da revistinha de sudoku e acena com a cabeça, minha permissão para sair.

Vou para o corredor e olho a linha. A faixa azul que corre pelos dois lados do corredor. Presto atenção para andar bem certinho nela, para que nenhum guarda da escola ou professor me diga alguma coisa. *O caminho azul mantém vocês longe do perigo vermelho*, é o que o diretor Moore sempre diz, lembrando que a ideia é nos ajudar a alcançar a melhor versão de um homem jovem, sem bobagem e sem briga. E acho que faz isso mesmo.

Viro a esquina. Barulhinhos de bip enchem o corredor, ecoando nas paredes cinzas e frias, vindo por baixo da porta das salas. A longa caminhada até o banheiro sempre me faz lembrar das visitas ao meu pai na cadeia da cidade. O uniforme triste, o barulho das portas de metal, o grito dos guardas, a fila de presos. Não quero ser como ele.

Viro para a esquerda e me preparo para ir até os banheiros do porão. São bem mais limpos e quase ninguém frequenta.

Uma voz me faz parar.

— Não vou falar de novo!

Conheço essa voz... supervisor Hicks. O ajudante do diretor Moore.

— Não saia andando enquanto estou falando com você!

Não sei com quem ele está falando. Mas não tenho tempo de encarar a ira do supervisor hoje. Aquele cara branco adora estragar o dia dos outros. Parece que ele nunca entende que não é como *a gente*. Alguns dos outros professores, por exemplo, dá para perceber que eles sabem que são brancos, falam com a gente de um jeito estranho, com a voz meio fina, tentando fazer amizade. Tentando se *identificar* ou parecer "menos". Mas na real só parece que eles estão falando com animais no zoológico.

— Já vai tarde! — late o supervisor.

Me viro para ouvir melhor. A curiosidade venceu. Parece que ele quer acabar com esse aluno.

Demoro para perceber que a voz dele está mais próxima do que antes. O supervisor aparece na minha frente na curva, quase batendo de frente.

— O que você está fazendo no corredor, Williamson? — pergunta ele, a agitação transforma sua voz em um rosnado.

Ele está bem vermelho e suado, e fico pensando qual garoto conseguiu deixar o cara nesse estado. Alguém deve ter feito algo grave.

— Você está me ouvindo? — pergunta ele.

— Banheiro, senhor.

— Então por que está parado aqui? Circulando — grita ele.

Concordo com a cabeça e digo:

— Sim, senhor.

Aprendi desde cedo que usar "senhor" e "senhora" faz os professores deixarem você em paz.

Desço rápido as escadas. O calor do olhar dele queima minhas costas. Reviro os olhos. Minha teoria é que caras como o supervisor Hicks, o diretor Moore e o sr. Reggie eram bem bobões quando tinham a minha idade. Então agora, eles precisam se sentir poderosos e projetam seus problemas em nós. É uma merda, mas não me importo.

Vou até a última cabine fazer o que preciso.

Queria estar com meu telefone para mandar uma mensagem para Keyana. Agora odeio ainda mais a regra de não usar celular aqui.

Dou descarga, mas não funciona. O botão nem se mexe. Olho atrás do vaso, para ver se dá pra arrumar. Não tem nada pior do que gente que não dá descarga. A tampa da caixa está um pouco desencaixada.

Levanto para tentar arrumar e fico paralisado.

Uma arma.

Das grandes, bem maior do que a que o Bando me mostrou ontem. É preta e tem detalhes. Parece arma do exército. Daqueles comandos especiais, gente grande, o tipo de coisa que aparece em jogos de video game e filmes. Meu corpo chega a ficar mole.

Isso é uma armadilha? Como isso veio parar aqui? Quem comprou? Começo a suar. *Por que alguém traria uma arma para a escola? Que caralhos? O que eu vou fazer?*

Não posso falar com os professores. Se vazar que eu falei de uma coisa séria assim, as coisas podem ficar feias para o meu lado. Mas não posso deixar ela aqui porque se alguém *está* pensando em usar isso, o bicho pode pegar.

Merda, merda, merda. Ando de um lado para o outro. Tenho que sair daqui. Ignoro o suor escorrendo na minha testa, minhas mãos molhadas, meu coração disparado. Lavo as mãos e saio. A cada passo, meu pé parece mais e mais um tijolo. *Só continue andando*, penso. Para o mais longe possível daqui.

Quando volto para o corredor, passo por um garoto baixinho e latino. Esqueci o nome dele, mas ele me cumprimenta. Eu respondo. Ele está segurando uma bolsa.

— ¡Mirá! Me avisa se estiver com fome. Tenho pupusas — diz ele.

Balanço a cabeça. Não consigo nem pensar em comida agora. Não consigo nem falar. Pode ser que eu vomite. Ele faz um joinha antes de ir embora.

Depois que ele se afasta pelo corredor, lembro quem ele é. O garoto que está sempre tentando vender alguma coisa. Às vezes é comida, ou bebida, ou doces. Antes ele ficava do lado de fora do Rocky's, mas o dono não gostou e mandou ele não voltar lá. Ele me lembra um pouco o Bando. Tentando ganhar algum.

Prendo a respiração e olho para trás para ver se ele entra no banheiro. Vejo ele desaparecer pela porta. Ele não tem cara de quem traria uma arma para a escola. Mas enfim, eu não o conheço muito bem.

Preciso parar de pensar naquela arma. Tento pensar em tudo que vou falar pra Keyana quando encontrar com ela depois da escola, no jogo. Talvez a gente vá para casa dela depois, ficar junto.

Levo um demérito por não prestar atenção na aula de cálculo e fazer a conta errada, mas não consigo nem me importar. Preciso focar em alguma coisa, qualquer coisa que não seja a arma no banheiro.

O sr. Kim deixa a gente sair uns minutos mais cedo e desapareço em um piscar de olhos.

Os corredores não estão silenciosos como sempre, mas hoje isso não é culpa nossa. Os alunos da Promise estão em fila, mas outras pessoas estão por aqui. A galera importante que faz com que o diretor Moore fique todo feliz apertando mãos e sendo supersimpático com a gente. Doadores como o sr. Ennis que andam por aí tirando fotos. Ou voluntários que estão pintando e pendurando faixas. É nessa hora que a gente vê a maior quantidade de gente branca na escola.

Desvio de uma garota branca que não sabe que a linha azul é feita para a gente. Ela passa direto, de cara fechada e modo grosseiro, mas não me importo. O supervisor Hicks leva todos eles por um corredor.

Enquanto ando, o suor escorre pelo meu rosto. Fecho os olhos com força e não importa o que eu faça, a imagem da arma continua aparecendo na minha cabeça como se estivesse me assombrando para ir lá pegar, me livrar dela *de uma vez* antes que ela faça o que armas fazem... matar pessoas.

Uma voz sussurra na minha mente: *por que isso é responsabilidade sua?* Penso no que minha mãe diria. Se eu for pego com ela, arriscaria acabar com tudo. Ninguém ia acreditar que a arma não era minha e isso iria para minha ficha. Merda, eu podia ir parar no reformatório.

Olho o telefone para me distrair e não tomar uma decisão errada. Bem como pensei, tenho um monte de mensagens de Keyana. Começo a sorrir ao ver como elas são frenéticas.

Keyana: oiê, vamos nos encontrar hoje, né?

Keyana: J.B.???

Keyana: sério?????

Keyana: J.B., juro por deus é melhor vc não me ignorar... pro seu próprio BEM.

É fofinho. Começo a digitar uma resposta, para ela saber que não estava com o telefone e para confirmar nosso encontro. Não quero que ela fique irritada. Não quero que ela se preocupe com nada nunca.

Antes que eu consiga apertar para enviar, o telefone some da minha mão.

O que...?

Olho para cima. O diretor Moore me encara. A veia em sua testa negra está saltada. Os olhos estão esbugalhados e a roupa está meio desarrumada, o botão de cima da camisa, aberto.

— *NÃO* é para usar telefone na hora de aula. Você sabe disso! — grita ele, a testa suada.

— Você está falando sério? Já acabou a aula! — respondo.

O sinal da escola toca. Moore levanta o dedo e diz:

— *Agora* a aula acabou. Esse telefone é meu. A detenção é sua.

Ele não pode estar falando sério. Isso é mesquinho até para o diretor Moore.

Sou tomado pelo pânico. Eu não *posso* ficar na detenção. Hoje não. E mesmo que pudesse, eu *preciso* avisar Keyana do que está acontecendo. A última coisa que eu preciso é ela achar que eu estraguei tudo. A última coisa que eu quero é deixar Keyana na mão.

— Cara, que merda, você só pode estar de brincadeira. Eu estou literalmente indo pegar minhas coisas para ir embora. — As palavras saem de uma vez. Estou com muita raiva. — O sr. Kim deixou a gente sair mais cedo. Isso não é justo.

O diretor chega perto do meu rosto. Tão perto que consigo sentir o bafo dele. O cheiro é ácido e... de álcool.

— Cuidado com o jeito que você fala comigo, seu merdinha. Está entendendo? Você é um moleque, se falar assim comigo de novo, vou tratar você como um moleque. — Ele está falando baixo, quase sussurrando.

Fico em silêncio de tão impressionado. A raiva borbulha dentro de mim. Fecho as mãos em punhos. Todo mundo no corredor fica parado. Quem ele acha que é para pegar meu telefone? Uma coisa que é minha? Sigo todas as regras. Faço tudo que os professores, e ele, pedem.

— Você me ouviu? — grita o diretor.

Eu surto. Meu coração dispara. Eu cuspo na cara do diretor.

Moore me agarra pelo colarinho e me joga no armário. Minha cabeça amassa o metal. Estou grudado ali.

— Eu vou acabar com você — grunhe ele, e agora é o cuspe dele que está na minha cara.

As portas das salas se abrem. O diretor me solta e eu caio como se fosse uma boneca de pano.

Vários garotos enchem o corredor, em todas as direções, sem saber que ele está alucinado. Professores colocam a cabeça para fora da sala para ver.

— Vejo você na detenção. Enquanto isso, vou preparar os papéis da expulsão. — Seu olhar em chamas me encara.

Meu coração dispara. Penso na minha mãe. Penso nele ligando para ela e contando isso. Abro a boca para começar a pedir desculpa. Se eu for expulso dessa escola, ela vai ficar arrasada. Como eu vou conseguir sair dessa cidade e entrar na faculdade se tiver uma expulsão no meu histórico escolar?

Meu coração começa a bater dez vezes mais rápido, como se quisesse fugir. Raiva cresce em mim.

BOOM! Bato meu punho no armário cinza e frio. O metal amassa com o soco. Alguns pedaços de metal cortam minha mão e começo a sangrar.

Garotos mais novos passam por mim, me olham como se estivessem assistindo um acidente de carro.

Minha pele queima. Minha cabeça fica cheia de todas as formas com as quais eu poderia machucar Moore. Eu só preciso ir com ele até a sala, trancar a porta e começar a trabalhar, acabar com ele de uma vez. Acho que conseguiria.

— Vou pegar você — murmurei enquanto pensava na arma no banheiro.

Vou pegar ele com certeza.

PARTE DOIS

Trey

THE WASHINGTON POST

O MÉTODO MOORE SALVA VIDAS

Escolas autônomas. Escolas ímã. Imposição federal. Uma hora ou outra, todas essas ideias foram sugeridas como solução para o péssimo desempenho das escolas públicas da cidade de Washington.

Os desafios enfrentados pelas escolas públicas (desde material defasado, até superlotação e burnout do corpo docente) são muitos e assustadores, mas a maioria deles tem a mesma fonte.

"O elefante branco em toda escola pública é a pobreza", afirma Wilson Hicks, supervisor dos alunos da escola preparatória Urban Promise, instituição que finalmente resolveu o problema da educação desigual.

Hicks explica que o antigo diretor, Kenneth Moore, pregava a excelência. Sua filosofia partia do princípio de ensinar aos alunos a serem sua melhor versão, apesar dos problemas. E parece ter funcionado: a escola teve o melhor resultado nas avaliações municipais pelo terceiro ano consecutivo.

Infelizmente, Moore foi recentemente assassinado na escola. Ainda que não tenha havido nenhuma prisão, a polícia continua investigando três suspeitos.

Dias atuais

Solomon Bekele

Aluno da Urban Promise

Sim, eu sei quem foi. Também sei o motivo.

Todo mundo acha que foi o J.B., mas não foi. Ele era um dos poucos alunos de quem eu gostava mesmo. Beleza, ele não falava muito, mas pelo menos não implicava comigo como os outros garotos.

Não pode ter sido o Ramón. Matar alguém na escola? Nem, eu tô na aula de matemática com ele, e sei que ele é esperto demais para fazer uma coisa dessa. Ele sonha alto e não arriscaria tudo fazendo algo estúpido que o levasse à prisão pelo resto da vida. Não, foi aquele outro cara. O que não se importa com nada.

Trey.

Nunca gostei dele. Não tenho nenhuma aula com ele, mas via o cara no intervalo e no almoço. Ele sempre tinha um comentariozinho sobre meu sotaque da Etiópia, minha pele e o cheiro das minhas roupas. Ele me provocava sempre por conta das minhas roupas. E a gente usa uniforme! É um nível de babaquice extremo!

Na real, eu odiava ele. Ainda bem que nunca enfrentei o cara, sabe, porque, afinal, ele é assassino. E ele não matou qualquer um. Matou o diretor Moore.

É preciso ter colhões. Acho que até admiro ele um pouco por isso. A coragem dele de se defender. E foi exatamente isso que ele fez algumas horas antes do assassinato, quando o diretor mandou ele para detenção.

Muitos garotos zoam o diretor, mas eu não. Meus pais me ensinaram a ter respeito, e se você respeitar o diretor, tudo vai dar certo. O trabalho dele é *literalmente* nos dar ordens, ele é o diretor e fundador da escola.

J.B. sabia o que era respeitar alguém. Ramón também. Mas Trey... Trey não respeitava ninguém. Meus pais me MATARIAM se eu sequer respondesse eles.

Acho que Trey foi criado de outra maneira.

Acho que ele foi criado para matar.

Stanley Ennis

Empresário e um dos doadores da Escola Preparatória Urban Promise

Ninguém entendia a visão de Moore como eu. Na verdade, acho que via mais potencial no que ele construiu do que ele mesmo. A Promise é mais que uma escola... é um movimento, e mais importante ainda, um legado.

Apesar disso, nem todo mundo pensava assim. As pessoas normalmente são muito cabeça fechada ou até mesmo invejosas para enxergar essas coisas. Sempre tinha gente reclamando de como Moore fazia as coisas: equipe, alunos, pais e até membros da comunidade.

Claro, Moore não se deixava abalar. Ele falava em expandir a Promise, criar uma rede nacional de escolas que fariam a mesma coisa que a Promise fez na cidade de Washington. Conseguir os resultados que trariam uma grana alta. Mas para isso é preciso ter iniciativa e conhecimento. Moore tinha o conhecimento, e eu com certeza tinha a iniciativa.

Moore queria começar devagar. Mas depois do primeiro cheque que dei para a escola, ele começou a ver as coisas sob a minha ótica.

Expandir a visão começou com o time de basquete. Um departamento de esportes forte pode ser usado como propaganda nacional. Então era mesmo uma pena que aquele garoto acusado, Trey, estivesse no time. Esse ano parecia especial. Estávamos destinados a chegar aos campeonatos, com as fotos dos nossos garotos estampadas nos jornais impressos e nos telejornais do país todo. Isso abriria a carteira de doadores mais ricos que nos ajudariam a levar a Promise a um novo patamar.

Não me importava em dar quanto dinheiro os garotos precisassem, com um time daquele. Moore conseguiu até começar uma nova campanha para as crianças, o Fundo Promise. Tinha um bom slogan: "Para financiar os maiores sonhos dos estudantes e concretizar futuros." Pelo tanto de dinheiro que joguei naquilo, disse para ele que devia chamar de Fundo Promise-Ennis!

Enfim, é uma perda enorme. Estávamos prestes a conquistar algo incrível, e talvez a gente ainda consiga. Me pergunto quem vai começar a tomar a frente das coisas. Com uma tragédia dessas, tenho certeza que consigo um apoio financeiro generoso. Talvez a gente acabe mesmo mudando o nome do Fundo Promise.

Brandon Jenkins

Aluno da Escola Preparatória Urban Promise

Trey é meu melhor amigo aqui. Eu sou o número um, e ele, o dois.

Nosso time de basquete não era tão bom antes, mas foi aí que Trey chegou, transferido de Nova York. Assim que ele chegou, melhorou. A gente ficou bom demais.

No final do primeiro ano, Trey era o maior pontuador da equipe. Na real, ele até me fez evoluir. A gente não só estava na nossa melhor temporada, como as faculdades da região começaram mesmo a prestar atenção na gente. Era tudo que eu sempre sonhei: jogar basquete na faculdade.

O assassinato foi no dia das eliminatórias contra Dunbar, outra escola bem cotada na cidade. Os jornais ficavam falando como teriam vários olheiros das universidades no jogo. Trey e eu estudamos os principais jogadores de Dunbar e tínhamos um bom plano para ganhar. Eu estava confiante.

Até ver Trey aquela manhã.

Sabia que alguma coisa tinha acontecido porque ele não estava sorrindo. Ele sorria todo dia, ainda mais em dia de jogo.

— Você está bem, truta? — perguntei.

— Suave — respondeu ele, logo.

Quando eu falava "truta", ele respondia "mano". Era uma parada nossa. Sempre. Mas não foi assim hoje.

Ele saiu andando logo, mas chamei:

— Trey, o que aconteceu?

"Trey, fala comigo.

"Trey, você tá bolado."

Ele parou. Demorou uns trinta segundos para virar e me olhar. Ele começou a voltar, andando estranho, olhos vermelhos, daí me puxou para o banheiro mais próximo.

Eu fui.

— Você tem que me PROMETER que não vai contar para ninguém — disse ele.

Eu prometi.

Trey fechou os olhos, respirou fundo, e assim que ele abriu a boca para começar a falar, chegou um monte de crianças do turno da manhã correndo. Trey só olhou para elas, depois pra mim e saiu fora.

Não sei o que ele ia me contar naquela hora, mas fui para a sala com uma sensação estranha, como... como se alguma coisa ruim fosse acontecer.

Não vi Trey de novo até o aquecimento do jogo. Ele entrou na quadra com a cara ainda pior do que de manhã.

— Venham aqui — gritou o treinador Robinson. — Trey precisa falar uma coisa. — O treinador cerrou os dentes e eu sabia que o que Trey ia falar não podia ser coisa boa.

— Não posso jogar — murmurou Trey.

— Fala alto, garoto. Se responsabilize por seus erros e enfrente as consequências — disse o treinador.

— Me meti em problemas — murmurou ele, como explicação.

Aparentemente o diretor Moore deixou o Trey na detenção e ele não ia poder jogar hoje. O time todo começou a falar. Múrmuros e reclamações, todo tipo de barulho, alguns baixaram a cabeça, derrotados. Um eco de "Porra, Trey" ecoou pela quadra.

Mas eu fiquei em silêncio.

Não conseguia nem olhar para a cara dele. Só fiquei encarando meus sapatos. Conseguia perceber ele me olhando, esperando que eu dissesse,

"Tá tudo bem", ou dizer pro time, "A gente ainda vai ganhar, galera", mas não consegui. Não olhei nos olhos dele.

Quando vi Trey de novo, ele estava algemado e os policiais levavam ele para fora da escola.

Não quero acreditar que ele matou o diretor Moore. Eu o conheço *de verdade*. Conheço um lado de Trey que ninguém mais vê, e eu preciso dar a ele um voto de confiança. Mas aí eu penso em como ele estava estranho naquela manhã. Não pega bem pro lado dele.

Tio T

Tio de Trey

Espero, de verdade, que Trey não tenha mexido na minha arma. Pelo meu bem e pelo bem *dele*. Quer dizer, Trey é um monte de coisa, mas ele não é besta. E ele não é um assassino. Eu sei disso, porque eu sou.

Servi a esse país como fuzileiro naval por mais de vinte anos, Operações Especiais. Fui para fora três vezes. Vivi muito, aprendi muito. E as coisas ruins que eu vi, não existem na vida de Trey.

Enfim, quando peguei meu sobrinho vindo de Nova York, ele tinha uma placa de "problema" nas costas. Igual a mim quando tinha a idade dele, só que eu me comportava muito pior. Ficava na rua mesmo e minhas opções de futuro eram a morte, a prisão ou o exército. A guerra me salvou, na verdade. E é estranho pensar assim. Ser mandado para outro canto do mundo pra lutar por um país que não ama você, matar estranhos para se manter vivo. Trey não tem estômago para a guerra, eu sei disso.

Mas eu devia isso à minha irmã, pegar Trey e me certificar de que ele tivesse um futuro melhor do que os caras com os quais cresci. Eu só não esperava que as atitudes dele fossem tão ruins. Sempre respondendo, sempre quebrando regras, o tipo de coisas que homens negros não podem fazer. É provável que seja porque o pai dele morreu cedo. O câncer o levou, fazendo Trey ser criado por uma mulher. Então, vi como minha missão fazer com que ele se endireitasse. Não importando o que custasse.

Hora de voltar pra casa, rotina severa, uma tentativa de fazer com que ele passasse todo o tempo na escola ou em casa, limitando as horas que ele tinha para o mundo, dando zero chance para ele arrumar confusão. Tem muita confusão para arrumar nessa cidade.

Claro, às vezes a gente batia de frente, principalmente no começo. A transição é difícil para todo mundo. E Trey não facilitou, testando minha paciência o tempo todo. Chegava tarde, era mal-agradecido, não fazia as tarefas. Disse para ele que existia um jeito fácil e um jeito difícil de fazer as coisas. Ele sempre escolhia o difícil, e às vezes eu precisava dar um corretivo nele.

Não é que eu quisesse aquilo, mas eu não sabia mais o que fazer. Eu nunca tinha criado um menino antes. Eu sei como eu fui criado, e eu acabei me saindo bem. Melhor que a maioria.

Depois que eu vi que só porrada funcionava, comecei a dar uns apertos nele de vez em quando, para ele saber que eu não estava de brincadeira. Uma hora a gente encontrou um ritmo próprio, e ele começou a seguir as regras em casa, mas daí começaram os problemas na escola.

Não sei por quê, mas esse pessoal da Promise parecia sempre ter um problema com o Trey. Eles me fizeram sentar na sala de aula com ele algumas vezes. Óbvio que ele se comportou como um *anjo* esses dias.

Dei um jeito nele e achei que as coisas tinham acalmado. Não ouvi nada da escola em semanas. Estava começando a pensar que eu tinha conseguido, tinha colocado meu sobrinho num outro caminho.

Vou ser sincero: eu me preocupo com o garoto, de verdade. Sei que ele acha que eu só quero irritar ele, mas ele não entende que esse mundo vai o engolir se não colocar a cabeça no lugar. Homens negros não têm segundas chances, mas Trey conseguiu uma quando veio pra mim. Não podia deixar que ele desperdiçasse.

E eu preciso admitir, ele estava se esforçando nos últimos tempos. Estou orgulhoso do que ele tem feito no time de basquete. Fui em alguns jogos e o garoto me deixou impressionado. Eu até convidei um dos meus amigos da marinha pra ir comigo na eliminatória. Falei à beça do Trey. Falei que meu sobrinho era a estrela do jogo e um ótimo garoto. Todo mundo estava sentado na arquibancada pra ver o famoso Trey Jackson, futura estrela da NBA. Mas claro, Trey não jogou aquele dia. Culpa dele. Me deixou morrendo de vergonha.

Sei que Trey não fez nada com o diretor Moore, mas não consigo ignorar o fato da minha arma ter sumido. Por que Trey não conseguiu se comportar? Se não tivesse tomado detenção, ele teria jogado e ninguém duvidaria da inocência dele. E foi exatamente isso que tentei explicar para o garoto. Como homem negro, você nunca recebe um voto de confiança. Você tem que estar sempre do lado certo.

Minha cabeça está uma confusão. Fico pensando no que poderia ter feito de diferente. Tentei tanto mudar ele, fazer ele ser outra pessoa, e ainda assim ele foi pego pelo sistema. Esse lugar é difícil demais para um homem negro.

Não sei, talvez eu tenha pegado pesado com ele também.

Treinador Robinson

Treinador de basquete da Escola Preparatória Urban Promise

Não vou mentir, essa me pegou. Dos dois lados. O diretor Moore me deu uma chance quando outros se recusaram. Eu estava treinando alguns times recreacionais. Amo muito esse esporte, mas aquilo não dava nenhum dinheiro.

Moore e eu nos conhecemos há tempos. Fomos para a universidade Hampton juntos. Arrumei uns problemas fora do campus e fui expulso do time. Estraguei minha chance de entrar nas ligas. Treinar era o melhor que eu podia fazer depois disso. Ainda conseguia ficar próximo do jogo.

Quando Moore decidiu começar um time na Urban Promise, fui a primeira pessoa para quem ele ligou. Moore era assim. Sempre cuidava dos outros. Sempre se certificava que as pessoas perto dele tivessem o que comer. Até mesmo alguns jogadores.

Moore dizia que quanto melhor o time se saísse, mais potencial de patrocínio. Ele fez com que a equipe técnica e eu procurássemos jogadores daqui até Nova York, e ele convidou os alunos pessoalmente para a Promise. Ele até daria dinheiro para quem precisasse chegar aqui. O cara ajudou muitas famílias.

Depois de alguns anos, começamos a realmente competir em vez de perder todos os jogos. Quando conseguimos esse garoto, Brandon, as coisas realmente começaram a se alinhar.

E aí veio o Trey.

Aquele garoto me fazia lembrar tanto de mim, mas com mais talento. Essa é a parte triste. Muitas crianças com bastante potencial acabam sucumbindo à pressão do sistema. Um peso invisível que prega todos no chão. Eles nem veem.

Mas a questão é que Trey não era assim. Trey não faria mal a uma mosca. Trey é um dos garotos mais doces que eu conheço. Um exemplo: um dia, o Moore ficou bem irritado com um garoto, não era nenhum dos meus jogadores. Um garoto quieto. Acho que se chamava Omar? Omari? Bem, ele não estava usando cinto e ia levar advertência. Adivinha o que aconteceu? Trey foi até lá e deu o cinto para o menino. Ele estava com o uniforme de basquete, então Moore não podia dar advertência para ele, e ele ajudou o garoto. Simples assim. Trey é isso. É assim que ele é.

Mas, mesmo que ele seja inocente, acho que isso vai acabar com ele. Acho que vai deixar o garoto traumatizado e acho que essa é a falha do sistema. Uma vez que você é atingido, você está marcado pra sempre, seja ou não culpado. Aconteceu o mesmo comigo.

Agora o Moore morreu. Trey não está aqui.

Não sei, cara, estou bem confuso.

Antoine Betts

Aluno da Escola Preparatória Urban Promise

Eu vi tudo, aham. Tudinho.

Trey chegou no primeiro intervalo de almoço, no bloco A. A galera diz que o bloco A é o dos barras-pesadas, mas é o meu favorito. O pessoal é engraçado demais, dou muita risada.

Eu estava lá porque faço parte da Iniciativa de Culinária Sênior, isso me dá créditos por cozinhar, então talvez eu trabalhe em um restaurante depois do ensino médio, vai saber.

Parece que a Iniciativa foi ideia daquele Ramón. As mulheres do refeitório adoraram porque havia poucos funcionários e a minha ajuda e a dos outros participantes da Iniciativa facilita o trabalho delas. A gente sabe como lidar com os outros garotos.

Mas, enfim, o dia foi puxado. Os meninos entraram em fila, um atrás do outro, mãos nas costas, cabeça baixa, como sempre. Por um tempo, foi um almoço bem normal. Sem briga, sem ninguém jogar comida, sem ninguém tentando furar fila. Acho que é porque o cardápio era pizza.

Sabe, se um aluno arruma confusão na hora do almoço, ele é tirado do refeitório sem nem comer, então nos dias que temos pratos mais populares, eles se comportam. Todo mundo ama pizza, não é?

Então eles estavam comendo em silêncio, como sempre, a regra de não conversar, e aí uns garotos começaram a rir em uma mesa. Dei uma espiada, nunca perco a chance de rir.

Um professor foi lá e deu um aviso pro menino que estava fazendo piada. Trey. Todo mundo se acalmou depois disso. Trey não era do tipo que fugia *mesmo* das regras.

Mas depois de uns cinco minutos, os garotos da mesa começaram a rir de novo. E dessa vez, Trey estava fazendo alguma gracinha com a comida. Mas o timing foi ruim. Moore entrou.

O professor foi lá de novo e deu um demérito ao Trey. Quando o professor voltou pro lugar dele, Moore entrou na história.

— Está tendo problemas com aquele lá? — perguntou.

— Você sabe — respondeu o professor.

Moore ficou ali alguns minutos, dando a volta nas mesas, de braços cruzados, inspecionando. Todos os meninos se endireitaram nas cadeiras. Ele tinha esse poder mágico sobre nós. A gente nunca queria arrumar problema com ele por perto. Ele levava tudo às últimas consequências.

Por fim, Moore desistiu e fingiu que ia embora. E, olha só, bem na hora, o Trey fez outra piada, alta, sobre o Moore.

— A testa parece uma pista de pouso, cara.

Os outros meninos começaram a rir até que Moore colocou a cabeça de volta no refeitório. E foi aí que as coisas ficaram interessantes. Vi uma coisa que nunca tinha visto, uma que eu nem sabia que era possível. Moore surtou.

Ele foi como uma bala para o outro lado do refeitório.

— O que você disse?

É óbvio que Trey ficou caladinho.

— Mas você não quer ser palhaço? Seja um palhaço agora. Conte uma piada — gritou Moore.

Mas Trey continuou quieto.

— Conte uma *piada*, Jackson! — gritou Moore de novo.

Trey ignorou o diretor mais uma vez.

Quando achei que as coisas não poderiam piorar, Moore encostou no rosto do garoto e gritou:

— Eu falei pra você contar a porra de uma piada!

Alguns alunos deram aquela risadinha abafada que impede você de chorar. Outros encheram a boca de pizza, apavorados.

Trey estava humilhado. Olhando para os lados. Ele respondeu.

— Sai de perto da minha cara, porra!

— Ou o quê? — retrucou Moore.

— Ou eu mato você!

A sala toda ficou em silêncio. Nem mesmo as moças do refeitório se mexiam. Senti um arrepio.

Naquela hora, não acho que ele estava falando sério. Parecia mais um mecanismo de defesa. Mas diante do que sei agora... acho que o cara estava falando sério.

Depois que o choque passou, Moore pegou o Trey pelo colarinho e praticamente arrastou o garoto para fora do refeitório.

Você sabe o que aconteceu depois.

Sra. Hall

Professora na Urban Promise

Coitados dos meus alunos. Coitados dos meus meninos. Comecei a lecionar na Urban Promise logo no ano em que foi inaugurada. Continuo aqui.

Quando as portas se abriram, esse lugar era mágico. Garotos da cidade toda que estavam esquecidos tinham agora um lugar para chamar de lar. Um lugar onde a administração se importava em dar uma chance a eles. Moore realmente fez isso. Claro, ele sempre foi um pouco severo, mas você precisa ser assim com essas crianças, é necessário. Mas não por medo, ódio ou incompreensão, por amor.

Nos primeiros anos, a Urban Promise não se saiu como planejávamos, pelo menos não na visão de Moore. Eu achava que estávamos evoluindo. Óbvio que sempre dava para melhorar, mas Moore queria ser *o melhor*.

Então fomos visitar escolas, conferências, workshops, um monte de coisas para aprender. Uma ajeitadinha aqui, outra ali, e rápido assim, percebi que estávamos tratando os garotos feito gado. Eles não eram mais crianças, eram prisioneiros.

Faz pouco tempo que falei com Moore sobre como não aprovava a cultura da escola e acredita que ele falou que se eu não gostasse eu devia arrumar minhas coisas e ir embora? Ele mudou, um ser humano completamente diferente daquele com quem concordei trabalhar. Raivoso.

Frio. Todo tempo, energia, esforço, sangue, suor e lágrimas que coloquei nesse lugar, e ele teve a coragem de... me descartar?

Fico nervosa só de pensar.

Ah, e o Trey? Suspeito? Aquele garoto não faria mal a uma mosca. Só falatório, mas eu sabia a verdade. Todos esses meninos falam muito. Mas dê um pouco de amor a eles e eles se derretem. São crianças. Parece que todo mundo esquece disso. Não importa o tamanho deles. Não importa a cor da pele. Não importa o jeito.

Trey nunca teve chance, nem na Promise. Legalmente foi determinado que ele precisava de ajuda para aprender. Mas Moore não fez isso, na cara de pau. Disse que seria muito caro contratar essa pessoa. Disse que a escola já estava com dificuldades financeiras e não ia fazer mais dívidas. Não acreditei.

Não sei o que de fato fez Moore mudar. Os rumores não paravam: traição e uma esposa difícil, um divórcio confuso, boatos de investimentos perdidos, problemas com dinheiro.

De todo jeito, a confusão da vida pessoal dele começou a afetar o trabalho nos últimos tempos. Ele aparecia na escola desgrenhado, atrasado ou até mesmo faltava dizendo estar doente. Ele descontava nas crianças, até nos funcionários. Mas eu, pelo menos, estava cansada de ouvir grito.

Eu estava na escola no dia do tiroteio. A caminho do escritório dele, para entregar minha carta de demissão. Não aguentava mais. E quando ouvi dizer que Moore tinha morrido, a primeira coisa que pensei foi: *Meu Deus, ele fez isso. Ele tirou a própria vida.*

Interrogatório de Trey

(Transcrição do áudio original)

Investigador Bo: Diga seu nome, para a gravação.

Trey: Trey.

Investigador Ash: Nome completo.

Trey: Esse é meu nome COMPLETO.

Investigador Ash: Você acha que isso é uma piada? Quer que a gente te prenda de uma vez?

Trey: Jackson. Trey Jackson.

Investigador Bo: Onde você mora?

Trey: Sudeste, perto do campo da Marinha.

Investigador Bo: Ah, é mesmo. Seu tio era fuzileiro.

Trey: Vocês falaram com meu tio?

Investigador Ash: Somos nós que fazemos as perguntas. Onde você estava no dia dez de outubro, mais ou menos às seis e meia da tarde?

Trey: Você sabe onde.

Investigador Bo: Ah, então você estava no escritório do Moore? Apontando uma arma para a cabeça dele?

Trey: Não, eu estava na detenção. Como eu disse um milhão de vezes.

Investigador Bo: Por que você estava na detenção? Você costuma causar problemas?

Trey: Ah, cara, eu pareço esse tipo de garoto?

Investigador Bo: Na verdade, sim, você parece o tipo que apronta confusão.

Investigador Ash: De acordo com os professores da sua escola, você é assim.

Trey: Isso é porque os professores não gostam de mim.

Investigador Bo: Eles devem ter um motivo, não?

Trey: Que seja, cara.

Investigador Ash: Você ouviu alguma coisa na detenção?

Trey: Ouvi que tenho direito a um advogado.

Investigador Bo: Por que você precisa de um advogado? Você não fez nada de errado, não é?

Trey: Não fiz.

Investigador Ash: Então fale com a gente, você pode confiar. A gente vai ajudar você.

Trey: Não preciso da ajuda de vocês. Preciso do meu advogado.

Investigador Bo: Não importa. Você sabe que aquele outro já dedurou você.

Trey: Ahn? Falou o quê?

Investigador Bo: Ele contou o que você fez.

Trey: Mas eu não fiz nada! O que eles falaram?

Investigador Bo: Não foi o que ouvi. Basta contar a verdade, do seu ponto de vista. Talvez você saiba alguma coisa sobre os outros garotos?

Trey: ...

Investigador Ash: Se você quer se fazer de difícil, a gente vai dificultar mais ainda, e você não vai gostar.

Trey: ...

Investigador Ash: Okay, você é quem sabe.

UM DIA ANTES DO ASSASSINATO

Trey

CAPÍTULO QUATRO

Atraso

Trey

— CAAAAAAAARA, eu vou te dar um soco! — grito para o meu parceiro Brandon, meu braço direito. Ele é o número um, e eu sou o número dois. Além disso, ele é o único do time que aguenta minhas piadas. Talvez porque Brandon é o cara mais descolado do planeta, então ele nunca leva as coisas para o lado pessoal. — Sua cabeça parece um capô de carro.

Todo mundo racha de rir, até o treinador. Eu adoro contar piada no vestiário. Alguma coisa no eco das risadas faz com que pareça que a escola toda está rindo comigo. Tento imaginar a sensação, a escola toda rindo comigo. Seria épico. Eu poderia ser comediante se o basquete não der certo pra mim.

— Okay, acalmem-se, garotos, acalmem-se. Nosso maior jogo da temporada é amanhã. Isso é tudo que importa. Não vamos nem pensar no campeonato por enquanto, entenderam? Esse jogo *é* o nosso campeonato. Vamos dar o nosso melhor porque se não ganharmos, estamos perdidos. Entenderam? — diz o treinador.

— Sim, senhor! — respondemos em uníssono.

— O treino foi ótimo hoje. Vão para casa, descansar, e se preparem para jogar amanhã. Todo mundo aqui.

Juntamos nossas mãos no centro do vestiário. Como Brandon é o capitão, ele começa o grito de guerra.

— É nossa!

— É NOSSA!

— Nosso jogo!

— NOSSO JOGO!

— É nossa!

— É NOSSA!

— Nossa promessa!

— NOSSA PROMESSA!!!

Nossas mãos voam até o alto e depois cada um vai para o chuveiro.

— Ei, Trey, uma palavrinha — chama o treinador.

Dou uma corridinha até ele. Entramos atrás de um armário, para que os outros não escutem.

— Trey, vamos precisar de você amanhã, então mantenha o foco, entendeu?

— Sim, treinador, pode deixar.

— Bom garoto, é isso que eu adoro ouvir. Agora, vai lá tomar banho.

Ouvir o treinador dizer que precisa de mim é a melhor sensação do mundo, até porque o basquete é a única coisa no qual sou bom. Acho que nunca ouvi alguém dizer que precisa de mim para qualquer coisa.

Passo pelos armários azuis e dourados e chego nos chuveiros, onde estão alguns dos jogadores.

— Ei, B — chamo Brandon.

— O que o treinador queria? — pergunta ele.

— Só me dizer pra me preparar para amanhã.

— Melhor mesmo, a gente tem que ganhar esse jogo.

— Verdade. Deixa eu ir embora pra pegar o ônibus. Até amanhã, mano.

— Até amanhã, truta.

Fazemos o nosso aperto de mão e eu saio, sem tomar banho porque não posso perder o horário do ônibus de casa. Meu tio é super-rígido sobre a hora que preciso entrar em casa, e se eu atraso mesmo que alguns minutos, isso já é o suficiente para tirar ele do sério. E não quero problema nenhum com ele essa noite.

Paro no primeiro bebedouro que vejo e mando ver, minha boca está seca pra caramba por conta do treino. A gente só pode usar o bebedouro por três segundos, mas como as aulas já acabaram, não tem ninguém pra me apressar.

A outra escola que eu ia, no Bronx, quase não tinha água corrente. Os bebedouros nunca funcionavam, não tinha como dar descarga, às vezes o aquecedor não funcionava no inverno, de matar. Acabava comigo. A parte boa era que os professores não se importavam com nada que os alunos faziam, e eu podia fazer o que quisesse.

Urban Promise é o oposto.

Tudo é limpo, brilhante, top de linha. Mas a quantidade de merda que você tem que aguentar nesse lugar quase tem cheiro.

Na aula, a gente não pode encostar na cadeira. Além disso, eles ainda têm coragem de manter a gente na escola de sete da manhã até cinco da tarde. Quem consegue ficar sentado quieto assim por dez horas? Eu não consigo. Mas, óbvio, quando eu não sento do jeitinho que eles querem, levo advertência. Depois de três, levo um demérito e meu número diminui. Quando isso começou a acontecer com frequência, eu me tornei o garoto problema que ninguém queria na sala.

Isso é algo que a Promise e a escola têm em comum. Como os professores me tratam. Como eles me olham. Como eles falam comigo. Como eles falam de mim. Por alguma razão, Trey Jackson e professores não são uma boa combinação, e a culpa é sempre minha.

Eles dizem coisas tipo:

— Trey é um dos alunos *especiais*.

— Boa sorte com *esse aí*.

E o meu favorito...

— Ele precisa de um pouco *mais* de amor.

Só coisa boa.

Mas eu não sou idiota. Sei que eles estão falando em língua de professor, e sei o que isso quer dizer.

— A gente preferia que Trey não estivesse aqui.

— A gente preferia que Trey não existisse.

Enxugo a água no queixo e vou ao meu armário pegar as coisas. A Promise é bem menos estressante depois que as aulas acabam. Não tem nenhum outro aluno, não tem professor. Quase parece um lugar normal. Estou segurando a chave do meu armário quando escuto alguém me chamar.

Me viro e vejo o sr. Finley dando uma espiada da sala dele. Aquele pescoço branco de fora, parecendo um avestruz.

— Pois não? — tento dizer educadamente.

— Por que você não está andando na linha? — pergunta o sr. Finley.

Quando as pessoas fazem perguntas idiotas, sempre demoro um pouco para responder.

— Acabaram as aulas. Não tem mais ninguém no corredor.

— Então só porque ninguém está olhando você decidiu tomar a atitude errada? Qual é o quarto valor? — Ele cruza os braços na frente do peito.

Suspiro e respondo:

— Integridade.

— De onde você está vindo?

— Do treino.

— Então volte pra quadra e tente de novo.

Engulo em seco.

— Sr. Finley, não pode estar falando sério. Vou perder o ônibus.

— Você precisa aprender a fazer escolhas melhores.

Solto um suspiro alto que deixa ele irritado e saio pisando duro, para irritar ainda mais.

Coloco o pé na linha e ando o mais rápido possível. Eu correria, mas o sr. Finley me obrigaria a voltar e fazer tudo de novo.

Ele é famoso por obrigar os alunos a refazerem as coisas várias vezes. Tortura. Juro, às vezes parece que ele só não gosta de mim. Professores não deveriam poder não gostar de alunos.

Olho para trás e o sr. Finley ainda está olhando, como se não tivesse mais nada para fazer, nenhum trabalho para corrigir, nenhum pai para ligar, nenhuma maçã para comer ou o que quer que professores finjam fazer.

Ando até ver a quadra e me viro. Dou uma olhada no relógio do corredor e vejo que já estou dois minutos atrasado, fico nervoso. Faz duas semanas que não perco o horário, e não quero irritar o tio T bem no dia anterior ao jogo. Não sei o que ele pode fazer. Não posso lidar com esse tipo de coisa agora. Tenho que fazer um jogo perfeito amanhã, então preciso estar com a cabeça no lugar.

Não sei o que o juiz falou de mim para o meu tio, mas ele acha que eu era superproblemático lá em Nova York. Levei suspensão algumas vezes, mas não faço parte de uma gangue nem nada. Não estou vendendo drogas como alguns dos meus amigos de antes. Sou um garoto normal.

Ando rápido até meu armário, passando pela sala do sr. Finley. Parece que ele foi embora assim que eu saí do campo de visão dele.

Pego minhas coisas o mais rápido possível e saio do prédio, coração acelerado.

Lá fora, respiro o ar fresco com felicidade.

Mas quando viro a esquina, meu pesadelo se torna realidade, e vejo o ônibus saindo do ponto.

— NÃO! Espera! Espera! — Saio correndo, mas o motorista me escuta?

É evidente que não. Ele continua andando.

Fico enjoado só de pensar no que meu tio vai dizer... ou fazer.

CAPÍTULO CINCO

Parado

Trey

Chego em casa depois de escurecer, e o tio T. não gosta disso.

Ele mora na zona sudeste, perto do campo da marinha. É um bom bairro, com um ginásio perto e tudo. Ele tem uma casa, então deve ser rico, mas não parece. Fica sempre falando do quanto estou custando pra ele. *Desligue as luzes quando sair de um cômodo, fique longe do aquecedor, sem repetir o jantar.*

Prendo a respiração e entro na casa. Vejo que ele está na sala segurando uma cerveja, uma 211 como sempre. Tento andar bem pertinho da parede, na esperança de que ele não me veja. Penso naquela parte de *Peter Pan* quando o Peter luta contra a própria sombra. Me concentro pra tentar ser aquela sombra.

Estou quase chegando na escada quando escuto a voz dele.

— Onde você estava, Trey? — Parece um demônio.

— Lugar nenhum, estou chegando do treino.

— O treino acabou seis e meia. Só leva uma hora pra você chegar aqui. Por que são quase nove horas?

— Perdi o ônibus.

— Por quê?

Abaixo a cabeça.

— Estava adiantado.

— Vem aqui! — grita ele, sabendo que estou mentindo... ele sempre sabe.

Meus pés parecem feitos de cimento quando vou na direção dele. Odeio quando manda que eu vá até ele. Ele fica bravo quando ando devagar, mas por que eu correria? Nunca vou entender os adultos.

— Pois não?

— Pois não o quê? — diz ele.

— Pois não, senhor?

— Você está mentindo para mim, garoto?

— Não, senh... — Antes que eu termine a frase, sinto o ar sair do meu corpo. Meu peito parece grudado na coluna e meus pés vão três passos para trás.

Odeio quando ele me acerta no peito.

Odeio ainda mais que não importe o que eu diga, meu tio já tem uma opinião formada sobre mim. Assim como os professores da Promise.

Mudar de Nova York para Washington, estudar na Promise, mudou muito minha vida. A maioria das coisas melhorou. Lá no Bronx eu não via minha mãe quase nunca. A liberdade era boa no começo, mas daí ela começou a colocar um monte de caras estranhos em casa. Ficou bem esquisito e eu queria ir embora.

Quando a cidade disse que eu não podia mais morar lá, fiquei aliviado. Quando descobri que o tio T seria o responsável por mim, fiquei feliz. Achava que ele era bem legal, pelas vezes que o tinha visto. Ele dirigia um Cadillac e era legal comigo, mas quando ele se tornou meu responsável, descobri um outro lado dele.

Ele tem um problema sério com bebida. Sei que ele era fuzileiro naval, mas de vez em quando acho que ele continua no personagem. Ele faz a mesma coisa todos os dias. Vai pro trabalho, faz exercício, bebe cerveja, assiste TV e limpa a arma. E quando ele não está fazendo uma dessas coisas, está me vigiando. Parece que ele está me treinando pra ser militar também. Ele fala que isso é disciplina, que ele está me transformando em um homem de verdade.

Às vezes penso em revidar, mas sempre fico com medo quando vejo os músculos dele.

— É melhor que isso seja verdade, Trey — diz ele.

— É verdade. Perdi o ônibus.

— Por quê?

Tento dar outra resposta. Não posso dizer que chamaram minha atenção por não andar na linha, porque daí vai ser culpa minha.

— O treino demorou um pouco mais. Temos um jogo importante amanhã.

Quando falo do jogo, vejo que o rosto dele relaxa. Ele gosta que eu seja bom no basquete.

— O jogo é amanhã, né?

Concordo com a cabeça. Ele suspira. É o máximo de desculpas que ele dá.

— Por que você não disse isso logo, Trey?

— Não sei, acabei de lembrar.

Ele balança a cabeça.

— Senta aqui um pouco.

Deixo meu corpo cair do lado oposto do sofá. O mais longe dele possível.

— Sabe, sou duro com você por um motivo. Não quero ver você se desvirtuar como sua mãe fez.

Quando ele fica bêbado, começa a falar essas coisas, como se não fosse me magoar.

— Eu até convidei um velho amigo da marinha para ver você jogar. Talvez tentar arrumar uma bolsa de estudos para você lá.

Eu odeio a marinha. O uniforme é feio.

— Obrigado, tio — respondo.

— Você pode me agradecer amanhã jogando bem, entendeu?

— Sim, senhor.

— Muito bem, tem comida congelada na cozinha. Coma alguma coisa.

Saio da sala e vou para o quarto, sem jantar.

Quanto antes eu dormir, mais rápido amanhã vai chegar. E só consigo pensar no jogo.

É. As coisas vão melhorar amanhã.

DIA DO ASSASSINATO

Trey

CAPÍTULO SEIS

Problema!

Trey

Quase pulei de susto quando o alarme tocou.

Saí da cama e vesti o mesmo uniforme de ontem. Se me atrasar para escola, já fico de detenção. E hoje não dá, não vou perder o jogo de basquete por nada.

Olho pelo quarto procurando minha bolsa, mas não acho. Na Promise, sem material, você não entra. Se isso acontecer sempre, você é expulso.

Corro até a sala e vejo a bolsa no sofá. Pego e já vou indo para a porta. Ainda bem que meu tio já saiu pra correr.

Ando rápido na rua, rezando para não ter perdido o ônibus de novo, mas depois do dia que tive ontem, vai saber o que pode acontecer. Quando viro a esquina, as pessoas estão entrando no ônibus duas quadras a frente. Começo a surtar, mas vejo uma senhora na cadeira de rodas no fim da fila. Isso vai me fazer ganhar tempo.

Ando ainda mais rápido, atravesso algumas ruas fora da faixa e por fim consigo alcançar o ônibus antes de sair.

Um pouquinho de sorte no dia do jogo mais importante da minha carreira. Começo a imaginar jogadas, ensaiando mentalmente todas as que eu e Brandon trabalhamos. Imagino a última jogada da partida, uma assistência de Brandon e o meu ponto da vitória. Ou talvez seja ao contrário, talvez eu jogue a bola pra ele e ele consiga a cesta final. De qualquer forma, a gente se protege, e isso é bom.

Quando paramos do outro lado da rua da Promise, pressiono o botão na porta de trás do ônibus e espero que ele desacelere até parar. Assim que isso acontece, as portas se abrem e eu saio.

Caminho na direção da escola e procuro minha carteirinha enquanto penso mais uma vez no treinador dizendo que precisava de mim. Se eu me sair bem hoje, vou deixar o cara orgulhoso. Penso no amigo do meu tio e em como tenho uma chance de deixar meu tio orgulhoso também. Penso em como Brandon vai orgulhar os pais dele.

Não consigo encontrar minha carteirinha nos bolsos, então procuro na mochila. Quando olho lá dentro meu queixo cai.

Puta. Merda.

No lugar da carteirinha, do uniforme do time e dos meus livros... Estou olhando pra arma do meu tio. Lembro que deixei minha bolsa perto do sofá, do lado da dele. Elas são parecidas, então devo ter pegado a dele por engano.

Meu estômago revira e parece que meu coração vai sair pela boca.

Estou ferrado! Não posso ir para escola assim, vou ser pego no detector de metal!

Não posso voltar pra casa, ia perder metade das aulas, e sem chance de eu conseguir jogar caso isso aconteça. Queria poder ligar pro meu tio, dizer que cometi um erro e pedir ajuda. Mas minha vida não é assim. Ele vai pensar que eu peguei de propósito. Ele nunca me deixa ser inocente até que se prove o contrário. Ele não aceita erros ou desculpas.

O que caralhos eu vou fazer?

PARTE TRÊS

Ramón

Dias atuais

Rachel Barnes

Irmã mais velha de Anthony Barnes, aluno da Urban Promise

Realmente acho que um desses garotos é culpado. E não é nenhum dos negros.

Sabia que eu moro no mesmo bairro de Ramón, em Columbia Heights? Eu vejo ele de vez em quando com os caras de lá, caras de gangue *de verdade*. Os assustadores. *Dioses del Humo*.

A Dioses del Humo é grande lá no bairro, e eles não estão para brincadeira, sabe. Assassinato não é um problema. Sempre vejo nos noticiários o nome deles envolvido em algum tipo de guerra de gangue. Eu conheci alguns maloqueiros quando era mais nova, mas eles são diferentes. É como se eles *gostassem* de matar.

Nos últimos tempos, tenho visto Ramón cada vez mais com eles, e não pensei muito sobre isso a princípio. Mas há algumas semanas, vi o primo de Ramón indo na escola buscar ele quando fui pegar meu irmão.

O primo mais velho de Ramón é o líder da gangue.

Não sou dedo-duro nem nada, mas sou membro da comunidade e me preocupo. Pensei até que seria bom contar para o diretor Moore, mais como precaução. Eles não precisam dessa confusão toda na Promise. Quer dizer, é onde meu irmão estuda, sabe. Preciso saber que ele está em segurança.

Moore disse que ia ver o que estava acontecendo. Não pensei nisso depois, mas daí, no dia anterior ao assassinato de Moore, vi o primo mais velho de Ramón ser preso na frente da escola.

Moore era o tipo de pessoa que faria qualquer coisa para proteger esses garotos, e quero dizer *qualquer* coisa mesmo.

E no dia seguinte, ele morreu.

Então eu acho que Ramón fez isso por vingança. Uma pessoa que estava tentando salvar o garoto dele próprio.

Como eu disse, para eles, assassinato não é um problema.

Anthony "Tony" Barnes

Aluno da Urban Promise

A Promise é assim: você ama ou odeia. Se ama, você segue as regras e tudo dá certo. Se odeia, bem, não sei. Sou uma pessoa que tenta usar o que tem para conseguir o que quer. Mesmo que eu não vá pra faculdade, me formar na Promise pega bem nessa cidade. Eu quero fazer alguma coisa manual... mexer com solda, como meu pai. Não diga a minha irmã Rachel que falei isso. Ela só pensa em faculdade, igual a Promise.

"É o único jeito de se conseguir o que quer, Tony! Você lida com a escola, e eu lido com você." Acho que ela tem razão... Do jeito dele, o diretor Moore cuida da gente. Mas tem mais de um jeito de conseguir as coisas que se quer.

Ramón é o melhor exemplo, mesmo que Rachel ache que ele é ruim. Uma coisa é ver o garoto pelo bairro. Às vezes é difícil. Mas se ela estivesse na Promise, ia conseguir ver coisas que são impossíveis ver de fora.

A gente chama ele de Chef Ramón. Cara, ele cozinha muito! Se não fosse pelo Ramón, você ia ter que andar pra caramba para experimentar as pupusas da abuelita dele, mas Ramón é esperto e consegue as levar para a escola. Na maciota, óbvio, porque Moore não aceita nada disso.

Mas cara, a gente quer comer direito, e o pessoal do refeitório está sobrecarregado demais. Temos todo esse dinheiro de doações de ricos e políticos, mas a única coisa que Moore ainda não destruiu é a iniciativa de culinária em que os mais velhos ajudam na cozinha. Até Rachel sabe que é porque Moore não quer gastar o dinheiro para contratar mais funcionários.

Os outros professores estão sempre reclamando disso. Ouvi eles fofocando sobre como há outras coisas que a escola deveria estar gastando dinheiro também, mas Moore acha que o dinheiro deve ir para algum outro lugar. E aquele homem tem todo o poder de decisão, ninguém pode competir. Eu mesmo não tenho ideia de para onde está indo esse dinheiro.

O Chef Ramón não fazia só pupusas muito boas, fazia outras coisas também. Sempre experimentando. Às vezes ele descolava uma provinha enquanto andávamos na linha azul. Valia a pena. Ele tem um amigo, Luis, que o ajuda. Se eu ganhasse o dinheiro que Ramón ganhava, estaria com tênis novos todo dia. Mas Ramón disse que o dinheiro era para sua abuelita e sua loja, além de seu *estoque*. O que quer que isso signifique.

De qualquer forma, nunca pensei que ele fosse tão ruim quanto Rachel acha.

Eu e Ramón estávamos saindo da escola ao mesmo tempo um dia e ela basicamente me agarrou pela orelha pensando que eu estava me juntando aos Dioses del Humo ali mesmo nos degraus da escola. Nem é assim que as coisas funcionam.

Rachel tem muitas preocupações. Nossos pais trabalham em dois e três empregos, então ela acaba fazendo muitas coisas de pais: reuniões e coisas assim. Às vezes acho que ela é séria demais.

Mas talvez ela estivesse certa. Agora com o diretor Moore morto, é estranho estar de volta na escola. Tudo que aconteceu antes parece ter um significado: tipo Moore acabando com toda a venda de comida de Ramón. *Estamos formando homens, formando reis, não maloqueiros!* não sei por que Moore fez isso.

Desde o assassinato de Moore, passei muito tempo tentando fazer conexões. Quando penso no que Ramón disse aquele dia (que ele estava guardando dinheiro para o estoque dele), me pergunto o que ele queria dizer. Ele estava vendendo drogas? Alguém disse que o assassino escondeu a arma na escola.

Sabe-se lá o que Ramón tinha no estoque. E se eu ajudei na compra da arma quando comprei as pupusas? Isso me faz cúmplice no assassinato?

Por favor, não conte para Rachel.

César

Primo de Ramón

Não tenho nada para falar.

Porque eu sei que as pessoas vão distorcer o que eu disser. Se eu falar que amava meu primo, vão falar que eu *usei o amor dele para obrigar*... Se eu disser que a gente não era próximo, vão falar: *Ele está mentindo para proteger Ramón, porque eles estão juntos na gangue. Os membros sempre dão desculpas uns pros outros.*

Não escondo de ninguém quem eu sou. O que você quer que eu diga? Não preciso. Minhas tatuagens já dão o recado. É por isso que as fiz, pra que as pessoas soubessem. Não demora muito pra você aprender que nesse mundo as pessoas enxergam você como elas querem enxergar. Pelo menos com as tatuagens, eu deixo algumas coisas bem nítidas. Sei quem me apoia, e quem está contra mim.

E isso é mais do que meu primo pode dizer, não é? A abuela dele escolheu aquela escola para ele ficar seguro, não foi? Ele está seguro agora? Ele acabou tendo problemas do mesmo jeito que teria se estivesse nas ruas. A única diferença é que todo mundo está muito mais chocado porque aconteceu *em um lugar como a Promise.*

Vi as câmeras novas no bairro, varrendo as ruas para mostrar janelas quebradas e caras nas esquinas. Vi o mesmo tipo de filmagem na TV, dos corredores da Promise... eles nos veem como animais, só que um grupo está domado.

Mas não importa que aqueles corredores pareçam luxuosos, aquelas pessoas não entendem que quando você coloca garotos pobres numa escola, não dá pra esperar que eles se transformem em algo que não são. Eu não sou um diretor famoso, mas até eu sei que isso não faz sentido. A única diferença entre mim e aqueles garotos da Promise é o uniforme que usamos. Eles têm os deles e eu tenho o meu, mas somos iguais. Leões na selva lutando para ser rei.

Doña Gloria

Abuela de Ramón

Meu Ramón não fez isso.

Quando essas coisas acontecem com garotos de pele marrom, eles sempre colocam o rosto deles na TV e acham a única foto em milhares que eles estão parecendo criminosos. Mas se esse for o verdadeiro Ramón, significa que eu não conheço meu neto.

Mas eu conhecia. Eu conheço. Do fundo do meu coração.

Meu neto é mole como manteiga. Meu neto é doce como mel. Ele não fez isso. Ele se oferece sem ninguém pedir para fazer pupusas. Ele me pergunta como fazer as receitas da minha juventude, sem que eu peça nada. Toda criança tem sonhos até que o mundo os destrua. Mas o mundo ainda não tinha destruído os sonhos do meu Ramón. Pelo menos ainda não, mesmo tentando muito.

As pessoas têm as próprias opiniões sobre como é emigrar. Algumas têm essa ideia de que é fácil, que juntar algumas coisas e sair de casa para começar do zero em um lugar novo é fácil, que aprender inglês é fácil. Não é. Deixar El Salvador e vir para cá foi muito difícil. E é ainda mais difícil com uma criança mais velha, como Ramón. Penamos para aprender o idioma, foi mais difícil para ele. Vi o tanto que isso custou a ele, ainda criança. A vergonha. Vergonha pode se transformar em raiva.

É, ele ficou de detenção. Mas é sempre isso que as pessoas espalham: *detenção, problemas, suspensão, expulsão*. O que eles não espalham é a verdade: detenção por vender pupusas na escola. Teve problemas por *rir*. Suspensão por vender comida sem permissão. É, falaram para ele não fazer isso. Então ele montou uma venda no refeitório. Ele achou um jeito de fazer o que amava e não quebrar as regras. A escola sempre disse que valorizava a inovação.

De onde eu venho, homens dão risada, dançam e se abraçam. É nossa cultura. Por que o diretor Moore quer mudar isso?

Vou ser sincera: pensei muito seriamente em tirar Ramón daquele lugar. Ele ficou tão estressado esses dias. Meu garoto doce, nervoso como o *tío* dele. Não vemos o tio dele sempre. Mas vemos César vezes suficientes, e acho que Ramón sabia que aquele era um caminho do qual ele devia manter distância.

Nunca tive que falar isso para ele. Ele sabia.

Mas isso não impediu César de ficar atrás de Ramón falando para ele entrar na Dioses del Humo. César deve ter percebido que os Dioses não iam deixar Ramón em paz. Às vezes um lobo só pode proteger o outro se estiverem na mesma matilha. Se não for desse jeito, a matilha se vira contra você. Mas é isso... meu Ramón não é um lobo. Ele é um garoto gentil! Fui eu que tive que dizer para ele se preparar para se defender de quem quer que o machucasse.

De vez em quando ele ficava furioso e bufando por conta daquela escola. Ele estava juntando dinheiro para uma loja. Os sonhos dele eram grandes demais para essa casa, para essa cidade. Ele estava fazendo o necessário para alcançar isso. Um dia ele chegou em casa com o rosto vermelho, olhos marejados. Perguntei o que tinha acontecido e ele só disse "Moore..." e parou. Ele disse que eu já tinha muita coisa com que me preocupar.

Por que as crianças não sabem que são as únicas coisas que importam para a gente? Que todas as outras preocupações são menores e podem ser deixadas de lado? Não consegui fazer ele falar, e agora, aqui estamos.

Eu disse para ele se defender, de quem quer que o machucasse.

Magdalena Peña

Prima de Ramón

O problema de ser irmã de um cara tipo o César é que todo mundo trata você como mãe dele. *Por que você não faz ele parar com isso? Por que você não fala com ele?* Se as pessoas conhecessem o César como eu conheço, saberiam que ele construiu um muro ao redor dele com todas as coisas que o machucaram, e nada no mundo vai fazer ele sair de trás desse muro antes de estar pronto. Nem a mãe dele, nem o pai, nem eu. Por isso me mantenho distante, e isso me deixa triste. Mas eu sempre mando mensagem para ele saber que pode contar comigo quando estiver pronto para conversar.

Acho que Ramón se identifica com isso. Além dos meus pais, Ramón é o único que ama o César tanto quanto eu. Ele sabe como é ser profundamente machucado por quem se ama. As pessoas olham pro César e veem os Dioses del Humo. Quando eles veem os Dioses, eles pensam em armas e facas. Mas armas e facas são brutas e fatais. Existem outros jeitos de machucar as pessoas, mais lentos e cheios de agonia.

Vez ou outra Ramón chegava tarde depois de ajudar Abuelita na loja. Ele sempre usava camiseta preta quando não estava na escola, e estava sempre suja, cheia de marcas de massa. Ele tinha que passar pela nossa casa para chegar na dele, e era normalmente nessa hora que falava um pouco com César. Essas eram as únicas vezes que os dois conversavam a sós. Normalmente, quando César fala com alguém, os outros Dioses estão com ele, e isso faz a conversa ser bem diferente.

Esses eram os únicos momentos em que via César relaxar e rir. Ramón sempre conseguia tirar uma risada dele. De vez em quando nosso vizinho, Don José, colocava a cabeça pela janela e falava com eles, e todo mundo ria. Don José nos conhece há anos. Ele é um dos poucos fora da família que não parece ter medo de falar com César.

E por mais que Ramón tenha carinho por César, eles já discutiram algumas vezes. Uma vez, fui lá fora escutar e ouvi o César falando: "Por que você acha que eu ia fazer alguma coisa ruim pra você? Sei que você está tendo problemas! Me deixa ajudar!"

E Ramón só ficava negando com a cabeça, várias vezes, até César falar alto: "Você acha que eu sou ruim, né? Você acha que meus irmãos são ruins?" E uma hora o Ramón respondeu: "É! Eu acho!"

Eles discutiram dessa vez. Mas isso foi antes de Moore mandar prender César. A fofoca se espalhou pelo bairro e a partir daí tudo ficou diferente quando eu via Ramón. Ele já estava sob muita pressão, mas agora parecia que ia explodir. Don José disse para minha mãe que viu Ramón numa esquina com alguns Dioses no dia que César foi preso. Disse que parecia que eles estavam falando alguma coisa para Ramón e que, pela primeira vez, ele parecia confortável com aquilo.

A última mensagem que recebi de Ramón no dia anterior ao assassinato de Moore foi:

> O que você faz quando as opções acabam? Quando todas as pessoas nas quais você deveria confiar acabam mostrando que não são confiáveis?

Até agora não sei se ele estava falando do Moore ou do César.

Ninguém

Aluno da Escola Preparatória Urban Promise

A fofoca que está correndo é que o assassino estava dando sinais de que ia surtar.

Mas ninguém está olhando para a pessoa certa.

Todo mundo está distraído com a cortina de fumaça.

Interrogatório de Ramón

(Transcrição do áudio oficial)

Investigador Bo: Diga seu nome.
Ramón: Ramón. Ramón Antonio Torres Zambrano.
Investigador Bo: Quanto nome.
Ramón: É. Acho que parece mesmo, para quem não é latino.
Investigador Ash: Você tem cooperado bastante. A gente reconhece isso. Queremos que você saiba que é seguro nos contar toda a verdade.
Investigador Bo: Não importa o que você tenha feito, a gente pode garantir que alguém tome conta de você.
Ramón: Eu já disse, eu não fiz nada.
Investigador Bo: Ramón, Ramón, está tudo bem. Estamos do seu lado. O diretor Moore pegava no seu pé o tempo todo.
Investigador Ash: Eu não saberia lidar com alguém no meu pé assim o tempo todo, eu ia enxotar.
Ramón: Eu não matei o diretor Moore. Eu estava na detenção. Eu não mataria ninguém.
Investigador Bo: Para de mentira, moleque. Você não mataria ninguém? Não acho que você estaria metido com os Dioses del Humo se isso fosse verdade.
Ramón: Não estou metido com eles! Não fala coisa que você não sabe.
Investigador Bo: Essa atitude... Está parecendo o seu primo.
Ramón: Você não sabe merda nenhuma do meu primo.

Investigador Ash: Eu sabia que ele tinha pavio curto, Bo, não sabia?

Investigador Bo: Você disse isso mesmo. Mas cuidado com seu tom, moleque. A gente está sendo legal, mas a gente pode mudar a qualquer momento. E pode acreditar, você *não* quer que isso aconteça.

Ramón: Não vou falar mais nada.

Investigador Ash: Olha, vamos todos relaxar, tá bem? Vamos nos certificar de que cuidem de você. Você quer garantir que sua avó está segura, não é?

Ramón: O que aconteceu com a minha abuela?

Investigador Bo: Nada... por enquanto. Mas você sabe como são os Dioses. Ninguém está seguro. Se eles ficarem sabendo que você está aqui, falando com a gente, eles podem acabar entendendo errado.

Ramón: Mas eu não estou falando nada.

Investigador Bo: Ah, então você sabe de alguma coisa.

Ramón: Ahn? Você está me confundindo! Para de falar!

Investigador Ash: Olha, se você disser o que a gente precisa, talvez a gente consiga um acordo para você no caso Moore. Assim você sai logo daqui e ajuda sua abuela a ficar segura.

Ramón: Eu não fiz nada! Por que todo mundo acha que sou parte dos Dioses? Não tenho nada a ver com eles nem com Moore! Sai de perto de mim!

Investigador Ash: Então você não se importou quando Moore mandou prender seu primo?

Ramón: Eu não disse que não me importei, e já falei para você não falar do meu primo!

Investigador Bo: E lá vamos com a atitude de novo! Você está bem nervoso... deve ter ficado nervoso na época também.

Ramón: Eu estava nervoso, mas...

Investigador Ash: Não sei você, Bo, mas quando eu fico nervoso, faço umas coisas que depois me arrependo.

Investigador Bo: Ah, eu também. Você estava nervoso, Ramón. É normal. Então, o que os Dioses del Humo disseram? Eles ajudaram você a conseguir a arma ou você fez isso sozinho?

Ramón: Nunca atirei! Nunca nem *peguei* numa arma!

Investigador Ash: Ramón, para com isso. Não consigo acreditar. No seu bairro?

Ramón: Por que você não acredita em mim?

Investigador Ash: Cara, encontramos suas coisas na cena do crime. É hora de falar a verdade.

Ramón: Eu estava na detenção!

Investigador Bo: A gente pode ficar nessa o dia todo, Ramón. E pode acreditar que a gente vai descobrir a verdade, custe o que custar.

UM DIA ANTES DO ASSASSINATO

Ramón

CAPÍTULO SETE

Culpado

Ramón

B*ip bip.*

Meus sonhos sempre são interrompidos no meio. É porque eu não durmo muito bem. As noites são muito barulhentas no meu bairro. Viaturas de polícia, ambulâncias, carros de bombeiro, buzinas, helicópteros, tudo que você pode imaginar. Nunca há um segundo de paz e com certeza não há nenhuma tranquilidade. Na verdade, sinto mais tranquilidade na escola. Na Promise.

Minha abuela ficou tão feliz quando entrei na escola. Quanto mais longe do meu primo César, melhor. Ela o ama tanto quanto eu, mas também se sente muito decepcionada. Talvez se ele fosse próximo dela como eu, esse sentimento dela pudesse mudar as decisões dele. Sei que eu nunca conseguiria fazer nada que fizesse ela me olhar do jeito que olha para o César. Mas não importa, somos uma família. Ela ama todo mundo.

Mas eu e a abuela sempre fomos muito próximos. A gente teve que ser. Não é só porque moramos juntos, mas também por termos muito em comum.

O que eu estaria fazendo se não estivesse cozinhando com a minha abuela? Todos os meus sonhos são feitos de massa.

Mas o despertador me acorda bem quando eu estava começando a cair num sono mais profundo, acabando com qualquer chance de sonhos por hoje. Levanto devagar e me balanço para fugir da frustração que toma conta de mim. Em vez disso, lembro o motivo pelo qual estou acordando tão cedo, para passar mais tempo com minha abuela e ajudar na preparação das coisas da loja. Todo dia saio e ela já está na cozinha.

Mas hoje ela não quer minha ajuda. Ela me bota para fora da cozinha.

— Não, não, hoje não. Vai chover. Seu ônibus sempre atrasa quando está chovendo, então você precisa pegar o que sai mais cedo — diz ela.

— Abuela...

— Vai, vai! Você não pode se atrasar para a escola, vai que você perde alguma coisa!

Abuela leva a escola muito a sério. Ela não chegou a ir pra faculdade em El Salvador. Ela vê a Promise como minha oportunidade, algo que vai me dar uma vantagem. Eu também enxergo a escola dessa maneira, desde que eu me forme.

Quer dizer, não me leve a mal, eu me saio bem na escola, mas ouvi falar que alguns alunos do último ano foram mandados embora porque não conseguiram passar no vestibular. Às vezes me sinto culpado por não contar tudo a ela. Se eu tiro uma nota baixa na prova ou se fico de detenção, sabe. Às vezes nem aviso sobre os encontros de pais e mestres, para que não pegue meu boletim na escola. Mentir para ela me deixa muito triste, mas mesmo assim eu faço.

Por exemplo, eu disse que é por causa do ônibus que chego atrasado na escola, mas não é totalmente verdade. É que às vezes eu desço em outro ponto para andar por Adams Morgan e olhar para o meu futuro restaurante. Quer dizer, ainda é apenas um sonho. Mas enquanto o local estiver vazio, ainda parece que está esperando por mim. Esperando eu me formar. Esperando eu ir para escola de gastronomia. Esperando eu realizar todos os meus sonhos.

Dou um beijo na bochecha da abuela ainda que sinta a culpa tomar conta de mim. Porque ela tem razão, eu deveria ir direto para a escola. Mas o local vazio me chama. Vou até o ponto de ônibus e a culpa começa a desaparecer sendo substituída por empolgação.

Bip bip.

Outro ônibus, que não o meu, está descendo a rampa pra que um idoso consiga subir. Ele deve ser o abuelo de alguém e precisa de ajuda, e gostaria de ter tempo para ajudar. Balanço a cabeça para esquecer o barulho. E é aí que escuto alguém me chamar.

— Primo, não me ouviu?

Meu coração dispara. Conheço aquela voz. Mas aqui na rua parece muito diferente de quando a gente conversa sozinho na privacidade da nossa casa.

— Oi, César — digo, me virando para olhar para ele. Ele vira a esquina atrás de mim com as mãos nos bolsos. Hoje em dia, ele não sorri muito. Lembro de ele ser mais feliz durante nossa infância.

— Você devia saber que não pode me ignorar — diz ele. Ele dá um sorrisinho, mas os olhos não sorriem. Sei que ele está querendo saber a verdade, se eu estava mesmo o ignorando. Essa é a pessoa que César se torna durante o dia. Primeiro, o líder dos Dioses, depois, meu primo.

— Não te ouvi. Estou focado em ir pra escola.

— Então para onde você está indo? O seu ponto não é daquele outro lado? — Ele aponta para o final da rua.

— Só mudei um pouco de caminho. Quero ver uma coisa aqui.

— Uma garota?

— Não, nenhuma garota.

Meu primo olha para os lados e diz:

— Melhor tomar cuidado, outro dia deu uma merda e pode haver retaliação.

Concordo com a cabeça. Odeio que as escolhas de César afetem a família toda, mas sei que ele faria qualquer coisa para nos proteger. E eu realmente quero dizer qualquer coisa.

Ele me observa com atenção e sinto meus músculos se contraírem. Ele vai perguntar. Ele sempre pergunta.

— Você está aqui sozinho. Você estaria mais seguro com a gente. Você precisa ser mais esperto e entrar logo na Dioses comigo.

— Não se preocupe comigo, primo. Só estou indo para a escola.

— Você acabou de dizer que *não* estava indo para a escola — diz ele, com os olhos brilhando.

— Eu *vou*, só vou passar em algum lugar antes.

César me encara. Os olhos semicerrados, como quando ele olha pra alguém em quem não confia.

— Tudo bem. Só estou me certificando de que você está bem. Você é da minha família.

Família. De certa maneira, César tem sido mais como um irmão mais velho do que um primo. E Magda, a irmã mais nova de César, é como uma irmã também. E se tem uma coisa que eu e César definitivamente temos em comum é: somos muito protetores com Magdalena. Já disse para ela que acho que parte do motivo por César estar tão embrenhado na Dioses, é porque ele sabe que todo cara da gangue faria qualquer coisa por Magda. Eu também faria.

— O que tem na bolsa? — pergunta ele.

— Coisas da escola.

— Tô sentindo cheiro de pupusas. Ainda está fazendo isso?

Sinto meu rosto ficar quente. Não é que eu tenha vergonha de cozinhar. Não de César. Quando éramos crianças, ele cozinhava comigo também. Mas ele gostava mais de fazer coisas doces. E era bem bom nisso. Só acho que ele vê a cozinha como algo com que desperdiço meu tempo em vez de me juntar a ele na Dioses.

— É — admito.

César dá uma risadinha.

— Você tem horchata aí também? — diz ele enquanto pega minha bolsa.

— *No jódas* — digo puxando a bolsa.

Quando ele vê que eu não estou brincando, ele para. Caras como César respeitam quando você se posiciona. Mostra que você tem coragem.

— Okay, okay, você tem o seu trabalhinho particular, estou vendo — diz ele, e, por um segundo sei que César está orgulhoso de mim. O jeito que ele me olha faz com que sinta que somos os únicos na rua. Mas isso dura só um segundo, porque depois ele já está examinando a região.

— Tenho mesmo. Na verdade, vou abrir meu próprio negócio...

Não queria ter dito isso em voz alta. Fiquei muito confortável e acabei me deixando levar. Assim que falo, César começa a rir.

— Um negócio? Tipo um restaurante?

— É, algum dia — respondo, envergonhado.

César ri ainda mais. No começo, isso me incomodava. Mas agora estou acostumado a ouvir as pessoas rindo dos meus sonhos. Compartilhar sonhos com o pessoal do bairro sempre foi arriscado, porque a maioria das pessoas não acredita nas mesmas possibilidades que eu. Ainda assim, ouvir a risada de César é muito doloroso. Fico cheio de raiva.

— Que seja. Estou indo — digo. Começo a me afastar, mas percebo que tenho mais a dizer, então me viro e continuo: — Sabe, você poderia estar ajudando abuela e eu. Ela *sempre* precisa de ajuda para vender comida. Eu estou indo para a escola para aprender o jeito certo de fazer negócios...

César me corta:

— Você acha que ir para a escola faz você ser melhor do que eu? Qual é o jeito certo de fazer negócios? Porque eu tenho algumas informações que a escola não vai ensinar, mas as ruas vão, e não tem jeito certo nesse mundo. É cada um por si. Essa escola de almofadinha faz você achar que o mundo é bom e que se você trabalhar bastante, seus sonhos vão se realizar. — Ele balança a cabeça. — Quem vem de onde a gente vem não é dono de restaurante, primo. Você conhece alguém no bairro com dinheiro suficiente pra isso? Dinheiro honesto. É, a gente ajudou a doña Helena e o Don Marco quando teve aquele incêndio. E vamos ajudar qualquer pessoa do bairro que precisar, mas a gente não sai por aí tentando ser anjinhos. Só estamos tentando viver.

Meu peito fica apertado. Me esforço para que minha voz não saia tremida.

— E quem disse que a gente não pode ser dono das coisas, hein? Por que você acha que eu não posso ter um restaurante?

Meu rosto fica ainda mais quente. Ele é como se fosse meu irmão mais velho, e eu sempre me sinto como um garotinho quando converso com o César. Mas hoje estou me sentindo como um velho tentando argumentar com outro velho. Como se nós dois estivéssemos presos em nossa própria realidade.

— A gente pode — responde ele. — Mas para conseguir, a gente não vai na escola tentar se adequar a uma merda que odeia a gente. A gente precisa trabalhar junto para construir algo nosso. Essa é a única alternativa que *eles* nos deram.

Entendo o que ele está falando, mas não concordo. Não vejo a vida como uma única alternativa. Mas não estou no lugar dele. Talvez para César, realmente só existisse uma opção.

— Se você disser a si próprio que só existe uma opção, isso é tudo que você vai enxergar, primo. Isso foi uma coisa que aprendi na escola.

Um Dodge Hellcat vermelho para do nosso lado, fazendo barulho. Por um segundo, o meu coração dispara. Mas César parece continuar calmo, então me acalmo também. Eles baixam o vidro da janela e vejo Ever, o braço direito de César.

— Ei, otário, a merda tá solta.

Olho para Ever, mas consigo sentir o olhar de César me fuzilando. Ever me cumprimenta e eu faço o mesmo.

— A gente pode continuar essa conversa mais tarde — diz César.

Prendo a respiração, na esperança de que exista mesmo uma próxima conversa. Eu sempre fingia que não via quando o César e os Dioses estavam fazendo as coisas que faziam. Já tinha ouvido histórias sobre o que acontecia quando eles arrumavam briga. Sei como os outros Dioses enxergam o César. E o que ele teve que fazer para ganhar esse tipo de respeito.

— Claro, pode deixar, a gente se vê — respondo e saio andando.

Tento esquecer o que acabou de acontecer e manter o foco na minha futura loja.

Mas quando chego na frente do prédio, fico boquiaberto. Não vejo mais a placa de VENDE-SE na janela. Na verdade, a placa que está lá é de VENDIDO. Meu coração dispara. Percebo uma plaquinha pequena na porta de entrada e me aproximo para ler.

EM BREVE: A MISTURA DE MEXICANO E ASIÁTICO ESTÁ A CAMINHO. ESSE CHEF DE SÃO FRANCISCO ESTÁ MUITO ANIMADO COM O NOVO ESPAÇO.

A imagem mostra um cara branco com chapéu de chef de cozinha. Sorrindo e segurando um taco com hashis. E é aí que paro de sentir um frio no estômago e começo a sentir o coração querer sair pela boca. Não que eu realmente acreditasse que eu ia conseguir alugar aquele espaço para abrir meu restaurante. Mas... Eu acreditei um pouco. Sonhos não fazem sentido. Olho para o cara da foto. MISTURA DE MEXICANO E ASIÁTICO. Se eu continuar olhando, vou despedaçar essa droga de janela. Então saio andando mais rápido que posso.

O ônibus sai e pego meu cartão de passagem. Me sentindo ainda mais cansado do que antes. O motorista balbucia alguma coisa e eu vou andando até a parte de trás, focado no lugar vazio onde quero sentar. Mas enquanto ando, alguma coisa chama minha atenção, um rosto familiar.

Senhor Reggie.

Ele é um guarda lá da escola e sem querer, começo a ouvir o barulho do *bip bip bip*. Como se ele pudesse me dar um demérito aqui no ônibus. Droga, talvez ele possa. Como estou com esse uniforme ridículo da Promise, sei que ele me olha. Como esse dia pode piorar?

O sr. Reggie e eu já brigamos antes. Semana passada, alguém teve a coragem de me dedurar para ele por vender pupusas. Não consigo acreditar nisso.

Enfim, o sr. Reggie teve que revistar meu armário para encontrar o "contrabando" e levar até o diretor Moore, ainda que ele não parecesse querer fazer isso. O diretor tem poder sobre os professores e membros da administração. E é por isso que eles fazem coisas em que não acreditam, só porque o diretor pede. Eu não odeio a escola como alguns outros garotos. Mas às vezes é muito pesado. Vou até o último banco do ônibus onde o sr. Reggie não pode ficar me encarando, pego meu telefone e mando uma mensagem para Magda.

Ramón: Encontrei o César no ponto de ônibus.

Magda: Argh, já estou pronta para a escola. Se não fosse por isso, teria gritado para ele te deixar em paz. Desculpa.

Ramón: Ele já te disse alguma coisa sobre só ter uma escolha?

Magda: Quê?

Ramón: Não sei, ele estava agindo meio estranho, como se quisesse conversar comigo sobre alguma coisa, mas não tivesse oportunidade. Não consegui perceber se era ruim ou não.

Magda: Bem, com ele, nunca se sabe. Está tudo bem com você? Fiquei sabendo que você foi pego vendendo pupusas e outras coisas na escola.

Ramón: Droga, quanta fofoca sai da Promise!!! Como que você ficou sabendo disso?

Magda: Você quer mesmo saber?

Ramón: Óbvio.

Magda: Aquela fofoqueira da Becca tava falando disso na aula ontem.

Magda estuda na Mercy. A escola só para garotas que não fica longe da Promise. As alunas lá são superinteligentes, muito mais inteligentes que os garotos da Promise. Às vezes elas agem como se fossem melhores que a gente. Mas é óbvio que Magda é muito diferente das outras garotas da escola.

— Esse não é o seu ponto? — pergunta alguém e olho para cima, percebendo que estão falando comigo. É o sr. Reggie, o segurança. Parado na porta de trás do ônibus, olhando pra mim de cara feia. — Você não vai matar aula, vai?

— N-não — gaguejo. Fico nervoso e me sinto pressionado pelo sr. Reggie estar me olhando. Se ele me pegar com as pupusas, estou ferrado. Vou ficar de detenção antes mesmo de chegar na escola.

Espero que ele não confunda minha ansiedade com culpa.

— Bem, esse é o seu ponto se você vai *mesmo* para a escola — diz ele.

— Eu vou — respondo — só estava sonhando acordado, eu acho.

— Aham, esse é o problema das crianças hoje em dia. Sempre com a cara enfiada no telefone, a cabeça nas nuvens. Vamos logo — diz o sr. Reggie, esperando eu descer do ônibus para começar a andar. — Sempre tentando se safar de uma.

Não tenho escolha a não ser seguir com ele até a escola. E minha abuela tinha razão, começa a chover. Não tenho guarda-chuva, mas coloco a mochila na cabeça e tento ficar um pouco mais seco. O sr. Reggie está com o guarda-chuva dele e olha para mim. Ele não pensa em me oferecer um refúgio. Mas por que ele faria isso?

Quando começamos a subir as escadas da escola, está chovendo para caramba. Corremos pra dentro.

— Vá direto para o pátio — murmura o sr. Reggie, balançando o guarda-chuva. — Não sei por que você chegou na escola tão cedo.

Não tem por que discutir. Me viro para o pátio com gotas de chuva escorrendo pela minha mochila. Olho para trás e vejo um rastro de água. Talvez eu seja rancoroso, mas isso me faz sorrir. Olho para os lados, para me certificar de que estou sozinho antes de abrir a mochila. Dou uma olhada lá dentro e meu estoque de pupusa está a salvo apesar do tempo ruim.

Estou quase chegando no pátio quando escuto alguém reclamar. Não reclamando com alguém, e sim do jeito que minha abuela faz quando não consegue encontrar as chaves do carro. Mas essa pessoa está reclamando em inglês, baixinho, o suficiente para que eu possa ouvir. Caminho fazendo um pouco menos de barulho, estou surpreso de que alguém esteja aqui. O escritório está escuro. Meu coração dispara, pensando que pode ser o diretor Moore. Com certeza vou ganhar um demérito se ele me ver pingando pelo corredor. Tento andar mais rápido.

Mas quando passo pela porta do escritório, o supervisor Hicks sai e dá de cara comigo.

— Onde você deveria estar? Por que você está aqui uma hora dessa? — grita ele. A voz dele é quase tão alta quanto a do diretor. Estremeço.

— Sinto muito, senhor. Peguei o ônibus errado. O sr. Reggie me falou que eu podia ir...

Odeio quando isso acontece. Sei o que quero dizer. Mas quando fico ansioso, é como se todas as palavras em inglês desaparecessem da minha cabeça.

— Ir onde? — pergunta ele.

— Um, ir... ir...

— ONDE?

— Pátio — digo. Tão simples. Como essa palavra pôde desaparecer?

— Bem, então o que você está fazendo aqui? Perambulando pelo corredor? Isso merece um demérito.

Bip bip bip.

Não conheço a palavra *perambular*. Mas parece o tipo de palavra que é igual o som. Me faz pensar em *ângulo*. Ou *ambulante*. Não estou fazendo nada disso e sinto que começo a ficar nervoso. Mas aqui não tenho tempo de ficar nervoso. Só dou aceno e continuo meu caminho pelo corredor escuro.

Lá fora está chovendo demais e o barulho no teto é muito alto. Quando sento em um dos bancos e tiro o blazer, só consigo ouvir o som da chuva. Como o teto é alto, parece bem distante. Talvez eu possa tentar me secar antes das aulas começarem daqui uma hora. Talvez eu possa fazer um pouco de tarefa, ou pelo menos sonhar acordado com meu restaurante em paz.

Acho que talvez esse dia possa melhorar.

CAPÍTULO OITO

Polícia

RAMÓN

Depois da manhã que tive, fiquei um pouco esperançoso quando vendi todas as pupusas do dia. Minha bolsa estava leve e meus bolsos, cheios, e apesar de estar um pouco molhado o dia todo por conta da chuva, as coisas corriam bem. Vou até o meu armário, guardo o que não preciso, pego o que vou usar e saio, a chuva parou. Tudo está indo bem até eu ver um carro que reconheço.

É o carro de César, prateado e brilhante. E ele está apoiado na janela, sorrindo para mim enquanto desço os degraus da escola. Por que ele está *aqui*? Uma mistura de preocupação e surpresa começa a surgir. Olho para os lados procurando o diretor Moore. Dentre as muitas regras que ele estabeleceu, existe uma sobre membros de gangue perto da escola. Todo mundo por aqui leva isso muito a sério. Não achei que veria meu primo de novo tão cedo. César veio me buscar algumas semanas atrás e vi que o diretor anotou algo, então falei pra ele não vir de novo. Não precisava chamar ainda mais atenção.

— Primo — chama ele enquanto ando devagar até o carro.

Vejo os alunos olhando o carro, observando César e eu. Sei que eles sabem quem César é. Alguns deles só encaram, alguns franzem a testa, outros parecem assustados. Meu coração palpita no peito. Espero que o diretor não nos veja.

— O que você está fazendo aqui?

— Eu te disse que a gente ia conversar depois. Como estão os negócios? Vendeu todas as pupusas?

Faço que sim com a cabeça, mas não me mexo para ir até o outro lado e entrar no carro. Ele percebe minha hesitação e o sorriso em seu rosto desaparece.

— Qual é o problema?

— É só que... O que você está fazendo aqui, César?

César fica estático.

— Só queria que você me mostrasse aquela loja. O lugar em que você sonha abrir o restaurante. Achei que ia ser mais rápido vir de carro do que pegar o ônibus.

Abaixo a cabeça e a tristeza sobre o lugar já estar alugado volta a me tomar.

— Talvez você esteja certo. Talvez a gente não possa ter coisas como aquela. A loja foi ocupada por um cara branco qualquer da Costa Oeste.

— Bem, é sobre isso que eu quero conversar — diz ele. Em vez de olhar para mim, ele olha para o volante. — Talvez eu estivesse errado. Pensei no que você disse. Talvez exista outra opção. Outra loja, sabe?

Uma sensação boa toma conta de mim. César, o irmão mais velho que eu nunca tive. Ele sempre sabe a coisa certa a dizer quando fico numa situação horrorosa.

— Claro. — Começo a sorrir. De repente, me sinto animado. — Vamos até Adams Morgan, a gente pode dirigir por lá e ver o que está disponível.

— Parece uma boa ideia, priminho. Pode subir.

Assim que chego perto da maçaneta, o ar é preenhido por sirenes. Luzes vermelhas e azuis piscam de todos os lados. Vejo meu rosto refletido no de César: ambos estamos chocados, confusos e assustados.

Três viaturas nos cercam, uma de cada lado do carro de César e outra bem no meio. Essa para a centímetros de bater no carro.

— Mãos para cima! Saia do carro!

Vários policiais descem das viaturas. Alguns, até com armas. Não acho que as pessoas saibam o quão assustador é ver uma arma apontada na sua direção. E se torna ainda pior vindo de um policial, porque ao contrário de um ladrão ou alguma coisa do gênero, você sabe que aquela pessoa de uniforme pode fazer o que quiser e sem que alguém questione. Quando uma arma *dessa* está apontada para você, é bem mais assustador, porque *esse* tipo de arma não precisa seguir as mesmas regras.

— Saia do carro! Agora, se afaste! Mãos na cabeça!

Tudo acontece tão rápido, mas também tão devagar. Eles derrubam César no chão. Um deles me empurra para o lado, me arrastando pela grama da escola. Eles vasculham o carro do meu primo, procurando em todos os lugares. César está no chão com um joelho em suas costas e uma mão enfiando seu rosto no asfalto.

— César, o que está acontecendo? Me solta! César! — Tento me soltar das mãos do policial.

— Achei uma coisa! — grita um dos policiais, que está revistando o carro de César. Ele levanta as mãos perto do banco do passageiro e um objeto de metal brilhoso está em seu poder.

Uma arma.

— Isso não é meu! — grita César.

— Pra mim, parece que é — diz o policial que está com o joelho nas costas dele. Ele pega a cabeça do meu primo e bate no asfalto, pegando bem o maxilar. César tenta se defender e o policial repete o movimento. Eu devia estar gritando, mas não encontro as palavras.

Eles também me fazem perguntas e me revistam, mas é óbvio que vieram atrás de César. Não sei como eles sabiam que ele estaria aqui. Ele estava sendo seguido? Alguém dedurou?

Fico olhando eles colocarem César no banco traseiro da viatura, o queixo cheio de sangue. Tento dar um passo meio tremendo, mas um dos policiais me empurra.

— Não conta pra Magda! — berra César em minha direção, antes que eles fechem a porta.

Fico vendo os policiais voltarem para os seus carros. Um reboque da polícia chegou e levanta o carro de César no ar. Apenas alguns minutos se passam e é como se eles nunca tivessem estado ali.

Não ligo para quem está perto de mim, meus olhos se enchem de lágrimas. Mas quando me viro e olho para escola, consigo ver com nitidez. O diretor Moore está na escada, os braços cruzados em frente ao peito, balançando a cabeça em afirmação, como se dissesse *perfeito*.

DIA DO ASSASSINATO

Ramón

CAPÍTULO NOVE

Alguma revanche

Ramón

Passo a noite toda planejando.

Fico acordado até tarde, planejando tudo, tentando me concentrar na raiva e na fúria que crescem em mim, feito fogueira. Até abuela me ajudou. Quatro mãos são melhores que duas, ela disse. E ela tinha razão. Com sua ajuda nas proporções, consegui fazer quatro vezes mais pupusas do que o normalmente levaria para a escola e coloquei todas na mochila e também numa bolsa extra. Com isso, mais o que ela recebe no trabalho e o dinheiro do tio, a gente deve conseguir juntar o suficiente para pagar a fiança de César. Abuela não aprova o que César faz, mas eu contei a ela tudo o que aconteceu; como o diretor Moore, especificamente, chamou a polícia para prender César quando meu primo não estava fazendo nada de errado. É muito difícil que abuela fale mal de algum professor ou funcionário da escola, mas dessa vez percebi que ela sentiu algo. Ela não vai deixar o sobrinho na cadeia.

Vou para o ponto de ônibus e minha mochila está pesada com a quantidade de comida. Não vou pegar o ônibus mais cedo hoje e correr o risco de encontrar o sr. Reggie. Me pego olhando pela janela, para cada pessoa que passa. Ir para aquela escola está me deixando paranoico.

Estou ali parado, pensando, quando alguém encosta em meu ombro e nervoso como ando, me viro, jogo a bolsa no chão e levanto a mão em punho.

— Calma, rapaz — diz o cara que encostou em mim, levantando as mãos para mostrar que não é uma ameaça, mas também com uma cara que mostra que não está para brincadeiras. — Não estou tentando roubar seus livros.

É o Ever. Eu quase não vejo César na minha rua sem Ever. Ele trouxe mais três caras, todos estão me encarando.

— Fiquei sabendo que você estava lá ontem. Quando pegaram o César — diz Ever.

Faço que sim com a cabeça, o coração disparado. Eles não acham que é minha culpa, acham? Minha abuela não me criou para ter medo de ninguém, mas sei muito bem que Ever e os Dioses não são qualquer pessoa. Preciso ter cuidado com eles sempre. César pode botar medo, mas é da família. Ever não. Começo a suar.

— Fiquei sabendo que Moore avisou os caras — diz Ever, com os olhos brilhando.

— Onde você ouviu isso?

— Por aí. — Ele dá de ombros. Penso em todos os caras que passaram perto de mim e de César no caminho até a escola. Nunca pensei que um deles pudesse estar com os Dioses. Fico ainda mais paranoico e percebo que não devo mentir pra Ever.

— É. Tenho quase certeza que foi Moore mesmo — respondo.

— Moore tem sido um problema há anos. Ele fez meu tio ser preso também. Gente que nem ele acha que faz parte da polícia. O maior delírio de grandeza — diz Jorgito, um dos outros caras.

— Diretor ou policial, não importa. A gente vai pra cima de quem for — ameaça um cara que eu não sei o nome. Ele tem uma cicatriz no rosto, e os olhos parecem tristes. Igual a César no banco da viatura.

— E é por isso que a gente precisa conversar — explica Ever. Ele me encara de um jeito que torna impossível que eu me mexa. É como se eu estivesse olhando nos olhos de uma cobra. — César disse que estava conversando com você sobre você entrar na Dioses. Essa pode ser a oportunidade perfeita. Você já está lá dentro e se alguma coisa acontecer com Moore... Pode ser até considerado uma iniciação.

Meu coração dá um pulo. De repente, o mundo parece muito barulhento. O ônibus está parado no ponto, jogando uma nuvem de fumaça na gente. Todo mundo se abana para tentar afastar a fumaça do rosto e quando ela acaba, Ever está olhando direto nos meus olhos.

— Pensa nisso — aconselha Ever, olhando para os lados para se certificar de que ninguém está nos observando. — É só dizer que a gente arruma o que você precisar.

Nos encaramos. Consigo ouvir minha pulsação, medo e desespero ressoam no meu peito. Mas ainda assim estou interessado no que ele está dizendo. A raiva é como um pequeno fogo no meu estômago, e ela só cresce. A ideia de uma vingança.

— Pega o seu ônibus — diz Ever, dando um passo para trás para que eu saiba que estou dispensado. Finalmente paro de encarar seus olhos. — É só avisar o que decidiu.

— Eu vou... Vou avisar — respondo.

Então eu subo no ônibus e sou levado na direção da escola. Mas quando olho pela janela, Ever ainda está me olhando. Alguma coisa mudou em mim. Como se um vulcão tivesse começado a se mexer. Não sei quanto tempo vou conseguir evitar a erupção.

Luis me encontra nos armários.

— Tentei te ligar ontem. Fiquei irritado com o que rolou com o César. Sinto muito. Você está bem?

Balanço a cabeça. Luis é meu melhor amigo há muito tempo. Ele tem estado um pouco ocupado com o basquete nos últimos tempos. E eu fiquei um pouco sozinho também, pensando bastante no meu futuro, tentando passar despercebido lá no meu bairro. Mas alguns amigos são para a vida toda, não importa o que aconteça. E eu tenho certeza que, embora meu bairro inteiro esteja me olhando torto, pensando que eu sou como meu primo, Luis não é assim. Ele sabe quem eu sou.

Mas eu sei quem eu sou? Não consigo parar de pensar no que senti quando Ever me disse que podia conseguir o que eu precisasse para me vingar do diretor Moore. Uma parte de mim aceitou a oferta. Me imaginei segurando a arma. O cara que fez meu primo ser preso, o cara que está sempre gritando com a gente, sempre fazendo a gente se desculpar e gaguejar... Talvez eu pudesse fazer *ele* se desculpar. Pelo menos uma vez.

— Opa, o que é *isso tudo*? — pergunta Luis olhando minha mochila.

Tento parar de pensar em coisas ruins como armas e o diretor, e tento sorrir para o meu melhor amigo.

— Dinheiro para a fiança do César — respondo, tentando parecer confiante. Nunca tentei vender uma quantidade assim antes. Vai ser difícil, ainda mais depois de ter sido pego semana passada. Mas tempos desesperados exigem medidas desesperados, e não posso deixar César apodrecendo na cadeia. A gente estava começando a se abrir um com o outro. E sei que preciso ser o primo responsável agora.

— Você vai precisar de ajuda — diz Luis, e já sei o que ele está pensando.

Quando se conhece alguém a tanto tempo quanto Luis e eu, você simplesmente sabe. Ele vai fazer o que já fez antes: vender quantas pupusas conseguir. Ele é amigo dos esportistas e sei que aqueles caras comem mais que qualquer pessoa no mundo. Talvez ele consiga vender umas cinquenta só para eles. Mas não posso deixar.

— Não, Luis. Se alguém pegar você fazendo isso, você está ferrado.

— Relaxa. Eles não vão fazer nada comigo por causa do jogo hoje. Eles querem que os doadores vejam as minhas jogadas. Eles provavelmente vão me dar um demérito e atrapalhar minha contagem. Só isso. Nada demais. Me dá algumas. E não esquece de ir na sala da sra. García, ela é a única pessoa que não se importa de te ver vendendo. E aposto que vai comprar algumas.

Ele tem razão, a sra. García é sempre uma boa aposta. Algumas das moças do refeitório também. Então entrego a ele um terço do estoque, e vamos cada um para o seu lado. Vai ser um dia estressante, e carregar esse tanto de coisa pela escola faz com que eu me sinta um traficante. *Bip bip bip*. Já estou até ouvindo os deméritos. O número só aumenta.

Mas não importa, estou fazendo isso pelo César. Ele não estava fazendo nada de errado. Quem disse que os policiais não plantaram aquela arma? Eles fazem isso direto. E o que tem de errado em vender pupusas?

A gente não pode conversar, mas sempre encontramos um jeito de estabelecer uma comunicação. Alguns garotos têm até uma linguagem de sinais própria. Enfim, a fofoca de que estou tentando conseguir dinheiro para a fiança do César se espalha, e as pupusas voam. Um garoto que mora perto de mim compra pupusas suficientes para uma família inteira. Fico me questionando se ele faz parte da Dioses, mas não pergunto. Só entrego a comida para ele e pego meu dinheiro.

Talvez eu esteja imaginando, mas, de tarde, a escola toda está cheirando à receita secreta da minha abuela. E tudo está correndo muito bem até que esse cara, Victor, rasga as calças bem na hora que o diretor entra no refeitório.

Victor está sentado como todo mundo, e quando ele vai levantar, o passante do cinto engancha em alguma coisa e eu só escuto o *raaack* lá da minha fileira. O passante e o bolso rasgam, e escuto algo cair no chão. Já sei o que é, e fico paralisado, porque o diretor está passando bem na frente dele.

Ele escuta o barulho e vira a cabeça rápido. Vejo quando ele encara Victor, que está com cara de apavorado. Ele não vai conseguir sair dessa. Moore para na frente dele.

— O que está acontecendo aqui? Quem está de brincadeira? Estou vendo a sua cara... tá de palhaçada? Querendo dar uma de espertinho?

Ele continua massacrando Victor, e eu rezo para que o diretor não olhe para o que está no chão. Mas, quando percebo que Moore está em silêncio, vejo que ele repara no chão por baixo dos óculos. Merda.

É uma pupusa embrulhada em papel alumínio. Moore fica observando ela e parece que muito tempo se passa, até que ele passa o olhar pelo refeitório. Sei que está me procurando. E quando ele me encontra, vem até mim como um raio.

— Você acha que eu estava brincando quando disse que não queria ver isso aqui de novo? — grita ele. — Você acha que os doadores querem ver essa merda aqui na escola? Esse lixo de comida? Deixou a escola toda cheirando assim. Eu devia saber que você estava aprontando. Onde está a bolsa? Sei que está com você.

— Eu... Eu... — Não consigo encontrar palavras. O inglês desaparece da minha cabeça. O espanhol também. Só consigo sentir raiva. Estou tomado por ela.

— E agora você fica aqui, gaguejando na minha cara — diz ele em tom de piada. — Não sei por que deixamos você continuar na escola... estou vendo que o estudo de inglês não está indo muito bem, não é? Agora me dá...

Não consigo falar, mas quando vejo que ele está se movendo para pegar algo embaixo da minha cadeira, corro e empurro a mão dele na tentativa de impedir que ele alcance minha bolsa. Mas ele me segura pelas costas do blazer e me levanta, me jogando para o lado. E ele agarra a bolsa. Ainda tem um monte de pupusas lá. Ele balança e escuta o barulho.

— Eu sabia.

Tento apanhar a bolsa, enfurecido, mas o cara do meu lado segura meu braço e me impede. Assisto Moore ir até a lata de lixo, com o refeitório inteiro olhando, em silêncio. Uma a uma, o diretor descarta as pupusas que sobraram no lixo. Quero gritar e vomitar, ao mesmo tempo. Quando ele termina, pega uma garrafa de suco de algum garoto ali perto e despeja em cima de tudo. Depois ele pega o dinheiro que está no meu bolso. Ninguém diz nada.

— Isso agora é meu, já que foi obtido nos domínios da escola. E você — diz ele, apontando pra mim — está de detenção pelas próximas seis semanas. E se acha que sua ideiazinha de ajuda de alunos na cozinha vai continuar, pode esquecer.

Ele olha para o pessoal servindo o almoço, alguns deles são parte do programa. Vejo a sra. Adams do refeitório fazer uma careta como se ela quisesse que o diretor virasse pó.

— Hoje é o último dia disso, garotos — grita ele para os garotos de touca. — Podem agradecer ao seu amiguinho aqui. Chef Ramón, não é? Talvez você possa ser chef na cadeia um dia.

Ele pega a bolsa e vai embora. Quando ele sai, as pessoas voltam a cochichar. Mas eu não. Só consigo pensar no dinheiro que não vou ter para pagar a fiança de César. A raiva toma conta de mim, de cada parte do meu corpo. Preciso extravasar. É hora de fazer alguma coisa. Vou até o banheiro e pego meu telefone. Acho o número de Ever.

PARTE QUATRO

Mentiras

Depois do assassinato

CAPÍTULO DEZ

De castigo

J.B.

Acho que nunca vi minha mãe chorar em público.

Aqui em Benning Terrace você precisa fazer cara de paisagem o tempo todo, e minha mãe é muito boa nisso. Ela está o tempo todo com a mesma expressão, só tomando conta da própria vida. Sempre admirei isso. Mas quando saio da sala de interrogatório, os olhos dela estão vermelhos e ela sequer tentou enxugar as lágrimas. Isso acaba comigo.

— Vamos deixar seu filho ir embora, mas sob vigilância — diz um dos investigadores. Ele fala como se ligasse.

— Por que eu não pude ficar com ele? — pergunta minha mãe, ignorando o que ele disse. — Ele é menor de idade. Eu tenho que ficar com ele em uma situação dessa.

— Senhora, estamos tentando ajudar seu filho.

A mentira me faz ter vontade de pegar a arma dele, colocar em sua cabeça e fazer ele pedir desculpas. E nem é por ter sido bruto quando me prendeu, ou por ter me trancado na sala escura com uma única luz. Ou por ter gritado na minha cara, tentando me fazer confessar um crime que não cometi.

Quero fazer ele se desculpar por mentir para a minha mãe. Por ter a audácia de me tratar como ele me tratou depois olhar na cara da minha mãe e falar essa mentira.

Mas engulo a raiva e sinto meu estômago revirar.

Quero contar a verdade para a minha mãe, mas isso só vai piorar essa bagunça. Então, em vez disso, fico lá parado, tentando não parecer tão apavorado.

Quando minha mãe termina de assinar os papéis com a polícia, está tão tarde que quase não consigo ficar de olho aberto. Dou uma cochilada. O vidro frio da janela do carro é quase como um travesseiro depois de ter passado tanto tempo na sala de interrogatório. Mas acordo quando escuto o barulho da minha mãe socando a porta do carro.

Ela fala tão baixinho que quase não consigo ouvir:

— J.B., se tem uma hora que você precisa ser sincero comigo, é agora. Preciso que você olhe para mim.

Faço o que ela diz. Encaro os olhos da minha mãe, esperando que ela faça *a* pergunta, mas é difícil demais pra ela.

— Não fiz nada, mãe — digo, baixinho, para ajudar.

Ela solta o ar de uma vez, como se estivesse prendendo a respiração desde que entrou na delegacia.

— Claro que não, meu bebê. Claro que não.

Um alívio profundo toma conta de mim por saber que ela não acha que matei o diretor Moore. Depois de tudo o que aconteceu hoje, inclusive o sangue seco embaixo das minhas unhas, estou feliz que ela ainda olhe para mim e veja um garoto inocente. Eu sou inocente.

— Sei que sua relação com o diretor era complicada — diz ela.

A raiva me invade de novo. Tudo o que me obriguei a parar de sentir desde que tudo isso aconteceu.

Estava com tanta raiva do diretor. Foi muito injusto ele ter confiscado meu telefone e ter que deixar Keyana esperando, isso vai acabar com a nossa relação. O jeito que ele ficou parado na minha frente e me agarrou pelo colarinho, como se eu fosse um cachorro, me fazendo de idiota na frente da escola inteira. Mas eu nunca quis que matassem o diretor. Nunca quis que ele estivesse morto. E agora eu sou suspeito?

Já vi muitos garotos irem para o reformatório e já entendi que tudo o que os policiais precisam é de um motivo, um corpo e uma arma. E aqui eles estão quase lá. Eles conseguem forçar as pessoas a confessarem coisas e aceitarem acordos, só por estarem assustadas.

Eu ter socado armário, com certeza, não deve pegar muito bem. Mas a pior parte... é aquela arma.

Não consigo parar de pensar nela. Tudo o que aconteceu no dia continua passando pela minha cabeça. Não pode ser coincidência que no mesmo dia que encontrei uma arma na escola, o diretor tenha sido morto. Uma arma que eu tirei do lugar para deixar as outras pessoas em segurança e que ficou coberta com as minhas impressões digitais. Me sinto um otário.

Preciso recuperar aquela arma e descobrir quem é o dono antes que os policiais a encontrem, com as minhas digitais nela. Isso seria um prato cheio para eles. Um veredito de culpado na certa.

Coloco a mão fechada em punho na boca pra que nenhum som saia. Quero chorar. Meus pensamentos não param. Um futuro terrível começa a aparecer: eu indo para a cadeia, minha mãe ficando sozinha, eu preso até ela ficar velha. Minha boca fica seca.

Minha mãe vira uma esquina e diz:

— J.B., não sei o que te dizer. Mandei você para aquela escola para que não se metesse em confusão, mas você se meteu mesmo assim.

Como eu vou falar pra minha mãe que não importa se eu estiver ou não procurando algum tipo de confusão, ela vai *me* encontrar? Que ser um jovem homem negro me transforma em um ímã para confusão. Eu só tentei ficar na minha, e, mesmo assim, não bastou. Ainda mais com uma pessoa como diretor Moore por perto, que fica carregando um balde de confusão como se fosse tinta, só para poder jogar onde ele quiser.

Penso naquele garoto Solomon, que o diretor ficou perturbando porque não estava de gravata. E naqueles outros dois garotos que são suspeitos. Ramón e Trey. Dizem que Moore também fez os dois passarem vergonha naquele dia. Merda, devem ter centenas de garotos na escola dispostos a colocar uma arma na cabeça do diretor.

E eu entendo.

Alguém matou o diretor Moore, isso é um fato. O que mais é um fato? Que muita gente queria ele morto. Eu sou um suspeito óbvio, mas e se quem fez isso, não for um suspeito tão óbvio?

A melhor maneira de limpar meu nome, talvez a única, seria encontrar quem fez isso. Fecho minha mão em punho. O tempo está passando. Preciso descobrir quem fez isso antes que comecem a encontrar evidências contra mim.

Minha mãe me observa, e, por um minuto, o rosto dela parece um pouco mais suave.

— Você está bem? — pergunta ela.

— Estou — respondo. Mas a resposta sai um pouco fraca, parecendo forçada.

— A gente vai conseguir passar por isso — diz ela. É quase como se ela estivesse tentando se convencer ao mesmo tempo em que me convence. — A gente vai conseguir passar por isso.

Não falo nada em voz alta, mas o que eu penso é: *Meu Deus, tomara que sim*. E é então que penso em outra coisa. Keyana.

— Mãe, posso usar seu telefone para...

Levo um susto quando ela me interrompe com uma risada sarcástica e alta.

— Garoto, se você acha que vai usar *algum* telefone para ligar pra *qualquer* pessoa, você perdeu o juízo de vez. Você pode não ser um assassino, mas você está de *castigo* até que eu diga o contrário, entendeu?

Nem tento argumentar. Não posso culpar minha mãe. Pelo menos ela não acha que eu fiz aquilo. Só espero que Keyana tenha a mesma opinião.

Quando chegamos em casa, minha mãe parece muito mais calma, mas sei que a cabeça dela está fervendo. Ela já perdeu dinheiro por ter que ir até a delegacia e agora ela deve estar calculando todo o dinheiro que ela *vai* perder por causa dessa confusão. Como somos só nós dois, tempo e dinheiro perdido contam bastante.

Foi como aconteceu com o meu pai. Advogados, fianças, julgamentos, toda aquela merda. E é por isso que eu preciso provar que sou inocente.

Minha mãe já aguentou coisa demais por anos demais. Mais uma dessa pode acabar com ela. Não posso deixar isso acontecer.

Ela esquenta o que sobrou do empadão e comemos os dois na mesa, em silêncio. Como muito rápido, não percebi com quanta fome eu estava. Mas mesmo depois de comer, me sinto vazio por dentro. Sinto que podia comer um tabuleiro inteiro, e ainda assim me sentir vazio. Estou muito preocupado.

— Não sei como isso foi acontecer — diz ela. — Eu fiz o melhor que eu pude.

— Não é sua culpa, mãe — respondo.

E eu quero dizer, *não é minha culpa também*. Mas só consigo pensar na voz do diretor Moore pelo corredor. Nos olhos maldosos do supervisor Hicks. Demérito, atrás de demérito. A contagem subindo. As detenções. Tudo é culpa sua naquela escola.

— Você não odiava ele, odiava? — pergunta ela, me encarando com os olhos brilhando. Isso é o que mais me machuca, porque mesmo que eu saiba que ela acredita na minha inocência, sei também que ela está apavorada com a possibilidade de estar errada.

E a pior parte é que eu não sei se eu posso responder *não* sem que seja uma mentira. Por sorte, ela continua falando.

— Você não faria uma coisa dessas. Um dos outros garotos, talvez. Não sei como as pessoas criam seus filhos. Esses jovens que não respeitam a autoridade...

O empadão começa a não cair muito bem no meu estômago. Ela não entende. Repara na minha mão toda arranhada de quando soquei o armário. O diretor olhou para mim como se eu fosse um criminoso por fazer aquilo. Eu estava sendo criminoso? Ou só estava sendo humano? Na Promise, é como se mostrar emoções fosse outro jeito de quebrar as regras.

— O que aconteceu com a sua mão, J.B.?

Ela vê que estou olhando e começa a encarar a minha mão também.

— Eu... Eu ... Fiquei nervoso — É o que consigo dizer.

— Você bateu em alguém?

— Não, mãe.

Ela olha bem no fundo dos meus olhos e pergunta:

— Você promete?

— Prometo.

Mas quando digo isso, só consigo pensar no hino da escola:

Nós prometemos.
Nós somos os jovens da Escola Preparatória Urban Promise.
Nós estamos destinados à grandeza.

É apavorante ficar pensando nisso. Estou destinado à grandeza ou a alguma coisa muito pior?

Um tempo depois, ainda estou na cama, olhando para o teto, com as luzes apagadas. É como se desde que eu cheguei em casa, minha energia tenha desaparecido. De repente, a porta se abre e minha mãe entra no quarto.

— Está acordado?

— Quase isso.

— Liguei para o meu supervisor, Ross, ele disse que conseguiu umas horas extras para eu compensar as que perdi, mas eu tenho que ir agora. Volto de manhã.

Fico com o coração apertado. Saber que eu vou ficar sozinho em casa faz com que eu me sinta ainda menor e mais sozinho do que nunca.

— Tudo bem — digo.

— Não se esqueça que você está de castigo.

— Sim, senhora.

A casa já estava silenciosa, mas quando ela vai embora, parece que eu estou num planeta completamente diferente. Só silêncio e solidão.

Queria que Keyana estivesse aqui.

Fico me perguntando qual fofoca ela ouviu. Queria saber se ela está acreditando nela. Ela está bem ali no fim do quarteirão... Talvez esteja encarando a janela que eu pulei outro dia e pensando no que eu estou fazendo. Se eu estou bem.

Ou talvez ela esteja se perguntando por qual tipo de garoto se deixa ser beijada. Talvez ela tenha se arrependido. Esteja pensando que escolheu o cara errado...

Sento na cama. Minha mãe disse que eu estava de castigo, mas o que ela não quer mesmo é que eu fique no computador ou no celular que nem está comigo. E eu preciso falar com Keyana. Talvez ela possa me dizer o que as pessoas na rua estão pensando. Se tem alguma fofoca que pode me ajudar a limpar meu nome.

Não penso mais nada depois disso, só calço o sapato e saio.

CAPÍTULO ONZE

Suspeitos

Trey

Nunca achei que fosse dizer isso, mas estou feliz que minha mãe esteja aqui.

Ela veio de Nova York assim que soube o que aconteceu. E ela parece estar sóbria, ou pelo menos é o mais perto disso que já a vi. É difícil ver ela quando está fazendo uso, mas por um lado, é ainda mais difícil quando ela está assim. Eu quero ficar perto dela, mas isso me deixa muito ansioso. Fico sempre pensando que em algum momento vão puxar meu tapete. Mas continuo grato por sua presença, porque enfrentar o meu tio sozinho seria muito complicado.

Ele não vai me bater com ela aqui. Pelo menos, acho que não. Mas estou preso. É como se tivessem cadeados nas portas. Toda vez que vou ao banheiro, ele está no corredor me olhando. Vou à cozinha, ele já está lá me esperando. Até quando olhei pela janela, ele estava lá fora, perto da caixinha de correio, encarando o meu quarto. Eu não vou sair daqui. E sinceramente, prefiro desse jeito. Parece que fora de casa, só arrumo confusão.

Ainda tem esse advogado. Um cara que serviu com meu tio no exército, e que agora está vivendo na nossa sala. Ele está sempre sussurrando e mexendo com papéis. Seus sapatos são enormes e queria comentar sobre isso, mas acho que não seria muito apropriado.

Ninguém me chama para essas conversas. Minha mãe não fala muito, só escuta em silêncio. Meu tio fica lá trincando os dentes, absorvendo toda a informação. Não perguntei o que eles estavam falando. Tenho medo da resposta. Tenho medo do que eles vão perguntar e do que vou ter que responder.

Até agora, a única coisa que meu tio me falou foi:

— Eu te avisei. Eu te avisei. Depois de tudo o que eu fiz por você...

Ele acha que fui eu.

Ele acha que eu peguei a arma dele e matei o diretor Moore.

E a pior parte é que talvez eu tenha matado o diretor de alguma forma. E se alguém pegou a arma e decidiu que aquele era o dia? A culpa da arma estar lá é minha. Eu devia ter levado a arma para casa e sofrido as consequências que meu tio decidisse. Seja em casa ou na escola, não tenho espaço para errar. Não importa aonde eu vá, sou culpado até que me prove inocente.

Meu tio não perguntou da arma, mas não tem nenhuma chance de ele não saber que ela sumiu. Ele está sempre limpando aquilo. Mas só de ele não ter perguntado, sei que ele acha que eu peguei de propósito. Ele pode até estar tentando me proteger. Com esse silêncio.

— Trey, venha aqui! — grita meu tio da sala.

Pulo da cama. Quando abro a porta, todos os músculos do meu corpo reclamam. Uma parte de mim quer ficar escondido debaixo da cama, como se eu fosse uma criancinha fugindo do bicho-papão. Outra parte quer sair correndo até a sala e implorar que eles me digam que tudo é um grande mal-entendido. Eu sempre fazia piada em situações sérias, mas agora eu não consigo achar nada disso engraçado. Parece que eu nunca mais vou contar uma piada.

Quando chego na sala, todo mundo está me encarando.

— Trey, tenho que ser sincero com você — diz o advogado. Ele tira os óculos e me fita. — Isso vai ser difícil. Você não tem um álibi.

Parece que vou sufocar.

— Você é culpado, meu amor? — sussurra minha mãe.

Olho pra ela e por mais que ela não esteja chorando, parece que vai começar a qualquer minuto. Ver a expressão dela me dá vontade de chorar, não só por conta do que está acontecendo, mas por tudo que já aconteceu para que chegássemos a esse ponto. As coisas no Bronx. Perder ela. Vir para cá. Olho para o chão.

— Não — respondo.

O advogado começa a falar:

— Agora a polícia está tentando montar a narrativa do crime. — Ele parece triste. — E a gente não tem muito com o que contribuir. Você estava lá depois das aulas. Perto de onde aconteceu o crime. Você ameaçou a vítima, na frente de testemunhas. A única coisa que eles não têm é... a arma.

Vejo que tio T está desconfortável. A arma. A arma do meu tio que escondi no porão da escola, cheia de digitais minhas. Cheia de digitais do tio T. É só uma questão de tempo até eles acharem. Preciso chegar lá antes disso.

— Mas não era só eu que estava lá — respondo depressa. — Havia mais dois garotos lá. Um deles tinha brigado aquele dia também. Eu saí pra ir ao banheiro, não sei o que eles fizeram enquanto eu estava fora da sala!

— Bem, esse é o problema, aparentemente nenhum de vocês pode afirmar onde o outro estava, e isso só torna a situação mais complexa — explica o advogado.

— Você não pode ficar jogando a culpa em cima dos outros — rosna meu tio. — Eles não querem saber o que outra pessoa *pode* ter feito.

— Não estou *jogando a culpa* em ninguém. Estou dizendo que não fui eu! — grito.

Tio T empurra a cadeira para longe da mesa, fazendo o maior barulho. Minha mãe coloca a mão em cima da mão dele que está fechada em punho, e vejo o rosto dele suavizar.

Ele vira pra mim e diz:

— Nós três precisamos discutir mais algumas coisas — diz ele, olhos fixos em mim. — Volte para o quarto. A gente te chama quando tiver mais perguntas.

Ando pelo corredor de volta ao meu quarto. Deito abraçando a mim mesmo e checo o celular. Brandon mandou algumas mensagens, mas depois fez ghosting. Provavelmente a mãe dele mandou parar. Saí da delegacia sob custódia ontem e estou suspenso da escola até tudo isso ser resolvido.

Imagino Brandon e os outros caras sentados na aula, em silêncio, andando pela linha azul, com as mãos nas costas. Ainda bem que não estou lá. Estar longe da Promise tira um peso das minhas costas. Mas o problema é que o peso foi substituído pelo corpo do diretor Moore. Saí de uma ruim e entrei numa pior.

Fico olhando as redes sociais para tentar me distrair, mas não existe distração possível. Sem querer, acabo encontrando algumas menções ao que aconteceu na Promise.

Entendo que não gostassem do cara, mas... precisava matar?

Três alunos foram presos. Devem ter entrado nessa juntos.

Nada, fiquei sabendo que foi apenas um e que ele armou pros outros dois que estavam na detenção levarem a culpa.

Minha boca fica seca quando leio isso. Todo mundo está tirando conclusões com base em quase nada. O problema é que não é nada, já que nós três fomos presos, no fim das contas. É evidente que as pessoas vão começar a inventar coisas. Mas vamos lá, um dos caras estava coberto de sangue, J.B... eles devem saber que foi ele e não eu! Se um cara é assassinado e um garoto foge coberto de sangue da vítima, acho que fica bem óbvio quem foi o assassino.

Fico me perguntando o que os professores acham... se a sra. Hall ouviu as notícias sobre a minha prisão. Ela era uma das minhas professoras favoritas antes de sair de licença maternidade.

O principal motivo pra eu gostar dela? Ela foi a única professora que vi aumentando o tom de voz pra falar com o diretor Moore. Todos os outros, até o supervisor Hicks, pareciam ter medo do diretor. Mas a sra. Hall, não. Ela era minúscula comparada a ele, mas um dia a vi gritar que ele precisava *parar de olhar pro próprio umbigo e lembrar o motivo de ter fundado aquela escola*. Lembro que fiquei olhando para o chão enquanto ela falava.

Decidi verificar se ela estava nas redes sociais, já havia encontrado alguns professores antes. Eles sempre tentam ficar mais escondidos, mas ainda que sejam professores, continuam sendo pessoas. Por fim, acabo achando a sra. Hall, posts de dez anos atrás. A maioria não está público, mas eu encontro uma foto em que marcaram ela, há duas semanas, em um bar brindando com uma pessoa de beca.

Olho o drinque na mão da sra. Hall. Isso faz com que eu até me sente na cama. Não sou especialista, mas tenho quase certeza de que grávidas não devem beber álcool. E não parece o tipo de coisa que ela faria.

Fico curioso e começo a procurar mais. Não tem nenhuma menção a gravidez.

Será que ela mentiu? Mas por quê?

Largo o telefone na cama e começo a pensar. Não sei por que ela mentiu. Lembro dela xingando o diretor Moore no outro dia. Ela é uma pessoa tão legal... o que ele fez pra deixá-la tão irritada? Ou foi ela quem deixou ele irritado? Será que ele a *demitiu*? Decido continuar procurando.

Do lado de fora do quarto, escuto as vozes do meu tio, da minha mãe e do advogado. Uma parte de mim quer ir lá e exigir que eles me incluam na conversa, afinal de contas, é a minha vida. Mas outra parte quer ficar escondida nesse quarto pra sempre.

Não importa o que eu faça, todo mundo já acha que eu sou culpado. Mas qual é a novidade nisso? Nesse mundo, parece que sempre carreguei uma placa de *culpado*. Dessa vez, a única diferença é que ela foi escrita com sangue.

Ninguém

Aluno da Escola Preparatória Urban Promise

Dizem que o *óbvio* nem sempre é o *visível.* Às vezes demora um pouco para enxergarmos o óbvio, quem puxou o gatilho não desapareceu. A pessoa está aqui com a gente, e vamos descobrir quando decidirmos começar a duvidar de tudo que achamos que sabemos. A pessoa está mais perto do que se imagina. Dizem que a pessoa que consegue matar alguém sabe que vão olhar para ela sem desconfiarem.

Dizem que nem sempre estamos prontos para a verdade.

CAPÍTULO DOZE

O esquema

Ramón

Fico sentado, perto da mesa de madeira da nossa cozinha, com os olhos fechados enquanto abuela passa gentilmente o ovo no meu rosto e pescoço. É um ovo marrom, normal, mas abuela limpou com sal e limão, e agora está deslizando pela minha pele, é o *ritual da limpia* que ela faz pela quarta vez só essa semana. Fiquei em casa nos últimos quatro dias e assim que ela termina de vender pupusas, é isso que ela quer fazer.

Ele fica murmurando enquanto passa o ovo, as rezas se juntam ao burburinho da cozinha.

— Padre nuestro que estás en el cielo, santificado sea tu Nombre; venga a nosotros Tu reino...

Continuo com os olhos fechados quando o ovo chega perto do meu coração. Ali, abuela faz rezas especiais: reza para a limpeza da minha alma, pela elevação do meu espírito. Ela reza e reza, e eu também; ela reza em voz alta, e eu, na minha mente.

Nunca quis que isso acontecesse. Nunca achei que fosse possível. Mas aqui estamos nós.

Depois que ela me pegou na delegacia, não disse nada. Nem eu. Ela só chorou em silêncio e eu fiquei olhando pela janela do carro, tentando achar as palavras para dizer. Quando chegamos em casa, percebi que não existiam palavras certas. Só existia a feiura do dia e dos dias anteriores, e por trás de tudo, o *bip bip bip* dos deméritos da escola, junto com o barulho do tiro. Não consigo esquecer. E eles estão falando que fui eu.

As rezas da abuela vão diminuindo até parar, e só então abro os olhos. Ela está olhando para o ovo como se estivesse com medo do que ele absorveu. Ela pega a tigela de vidro que está ali perto e, com as mãos tremendo, quebra o ovo.

Nós dois prendemos a respiração.

A gema amarela está pontilhada de vermelho, sangue coagulado. Fecho os olhos com força, me sentindo enjoado.

Queria poder voltar no tempo. Mas para onde? Para evitar o atrito com Moore que acabou me deixando de detenção, teria que não ter feito as pupusas. E se eu não tivesse feito, era porque César não tinha sido preso. Para que o César não tivesse sido preso, eu não podia ser primo dele. E por aí vai. Como posso desfazer minha vida toda?

Talvez eu devesse ter entrado na Dioses há muito tempo, saído da escola de uma vez. Minha abuela ficaria tão desapontada, mas não tanto quanto ela está agora, vendo o sangue na gema do ovo.

Ela joga o ovo no vaso e dá descarga, e depois limpa tudo com sal.

— Ramón, sei que você não fez isso — diz ela ao voltar. Ela senta do meu lado com as mãos nos joelhos.

— Não fui eu, abuela, eu...

— Você não precisa se explicar. Sei quem você é. Mas isso é um problema sério. Muito ruim. Alguma outra coisa aconteceu? Alguma coisa com o César? Você disse aos garotos da Dioses alguma coisa que...

— Não — interrompo antes que ela consiga perguntar. Não posso contar a verdade a ela. Não posso contar o que pedi pra Ever fazer quando liguei para ele no dia que Moore me fez passar aquela vergonha.

Ela me olha com tristeza e diz:

— Você não pode sair dessa casa. Está entendendo? É uma hora muito perigosa para você ficar longe de casa. Tanto a polícia quanto o pessoal do bairro estão começando a inventar seus próprios boatos. Você precisa deixar a poeira baixar. Até que você esteja em segurança.

Sei que tem muita coisa que ela não está me dizendo. Minha abuela sempre tentando me proteger. Com César sendo durão como é, ela sempre tentou me manter mais delicado. Às vezes ela se esforçava tanto para isso que me deixava nervoso. Agora é a primeira vez que me pergunto como César se sentiu, sempre sendo o durão. Penso nos olhos dele segundos antes de a polícia aparecer na escola. Ele não estava parecendo durão naquela hora. Ele estava parecendo o primo que sempre conheci.

— O que foi, abuela? O que você ouviu por aí?

Ela balança a cabeça. Tão frustrada quanto eu, e sei que não existe nada que eu possa falar que a convença a contar o que ela sabe.

Coloco a mão no bolso para pegar meu pente, é um reflexo de quando quero relaxar.

Mas o pente não está lá. Ele sempre está lá. Mas não o acho. Não está na minha mochila. Nem na mesa perto da porta. E é aí que eu lembro. De algum jeito a polícia encontrou o pente na cena do crime. Não sei como ele foi parar lá, mas parece muito que foi plantado. Devia estar na minha bolsa quando Moore pegou.

Abuela me vê procurando alguma coisa pela casa e faz um *tsc*.

— Venha assistir novela comigo — diz ela.

Quase não consigo ficar de olho aberto. O estresse drenou minha energia. A gente assiste um pouco, mas ela logo me diz pra ir descansar. Quando chego no quarto, recebo uma mensagem de Luis:

Luis: Você tá bem?

Ramón: Acho que sim. O que está acontecendo na escola?

Luis: Cara, nem dá pra dizer. Cada um tem uma teoria.

Ramón: Não fui eu, cara.

Luis: Eu sei que não foi você. Deve ter sido o J.B., cara.

Ramón: Acho que não. Acho que foi o Trey.

Luis: Não pode ter sido o Trey. Ele nunca faria isso. Mas J.B., ele não fala com ninguém. E sempre são os quietinhos, não é?

Penso nisso, "sempre os quietinhos". A escola inteira era quieta. Moore nos obrigava a ser. Qualquer um de nós poderia ser um assassino se pensássemos assim.

Recebo outra mensagem antes que consiga responder a de Luis. É Magda.

Magda: Está tudo bem? Queria poder ir aí. Mas eu preciso ficar de olho no César agora que os Dioses pagaram a fiança dele. Mas ele está com uma tornozeleira eletrônica... como se ele fosse fugir.

Ramón: Tô feliz de ele estar em casa. Não acredito no que tá acontecendo. Não mesmo.

Magda: Você nem imagina o que estão falando lá na Mercy!

Ramón: Vou adivinhar, Becca está organizando um círculo de orações pelas nossas almas?

Magda: Literalmente isso. Mas tem mais fofoca.

Ramón: Tipo o quê?

Magda: Sabe um cara chamado Nico que trabalha no refeitório da Promise?

Ramón: O sr. Martinez, certo?

Magda: Isso, Nico Martinez.

Sei exatamente de quem ela está falando, ele é uma das poucas pessoas no refeitório com quem nunca falei. Ele é quieto e não muito sociável, mas o que mais chama atenção é que ele tem tatuagens da Dioses.

Ramón: Sei quem é. Acho que ele cresceu por aqui, tem tatuagens Humo.

Magda: Isso. As pessoas estão falando que foi vingança pelo César.

Deixo o celular cair na cama e esfrego os olhos. Meu Deus. É muita coisa ao mesmo tempo. Eu disse para os caras esperarem. Pensei em pedir que eles fizessem alguma coisa com o Moore, mas não pedi. Agora descubro que eles podem ter feito mesmo assim. Se eles já tinham um cara lá dentro, faz sentido.

Abuela quer que eu fique quietinho até a poeira baixar, mas e se a pessoa que fez isso estiver fazendo o contrário? Provavelmente a pessoa está andando por aí como se fosse inocente, enquanto eu fico escondido como se fosse culpado. Quem quer que tenha feito isso, tenho certeza que a polícia não encontrou nada dele na cena do crime, mas encontrou coisa minha. Idiota.

Abro um grupo de mensagens com Luis e Magda.

Ramón: A gente pode se encontrar amanhã? Preciso de ajuda pra pensar numa coisa.

Magda: Tem certeza que abuela vai concordar com isso?

Ramón: Vai dar tudo certo. A gente se encontra quando ela estiver vendendo.

Luis: Onde você quer encontrar a gente?

Magda: E por quê?

Ramón: Não posso ficar aqui sentado esperando que eles digam que sou o culpado.

Luis: Você tem algum plano?

Ramón: Mais ou menos. Vejo vocês amanhã. 17h30 na minha casa.

Doña Gloria

Rezo para todos os santos que conheço. Acendo dezenas de velas. Eu devia estar cortando o repolho para o curtido, mas só consigo rezar.

Meu neto não está na prisão, mesmo que já estejam quase pintando murais com a foto dele de prisioneiro. As pessoas ficam contando histórias sobre ele como se ele estivesse morto, como se a verdade fosse algo que precisasse ficar mais interessante, com mais sabor.

Anos atrás, pode ser que eu tivesse culpado o César. Sei que algumas pessoas ainda fazem isso. E outras vão culpar o Ramón, não importa o que aconteça; afinal de contas, elas se lembram do antigo Ramón, aquele garoto que acumulava tanta raiva a ponto de deixar um buraco na parede do nosso primeiro apartamento por conta de murro. Ele tinha 13 anos e estava em um país diferente, onde as pessoas faziam cara feia quando ele não conseguia usar o idioma. A frustração se transformou em raiva e aquela raiva podia ter acabado com ele. Se ele não tivesse começado a cozinhar comigo, ocupando as mãos e acalmando o espírito. Agora vejo as injustiças do mundo, o transformando de novo naquele garoto raivoso de antes. Isso me amedronta e entristece.

Mas eu não quero mais achar culpados. Estou procurando entender. A última limpia me mostrou a verdade: que a alma pura e boa do meu neto mais novo está sendo injetada com sangue, centenas de pequenas feridas que sangram, e é por andar em um mundo como esse e até por ir a uma escola como a Promise que elas existem. Não era o sangue do diretor Moore naquela vasilha, era o sangue do meu neto.

Todo dia em que enviamos nossas crianças para o mundo, elas são castigadas com centenas de pequenos cortes. E nem todas as limpias do mundo podem acabar com isso, porque são feridas abertas.

Então, agora, quando penso em quem fez o quê, quando e para quem, eu penso nas feridas. Quem está mais machucado? Quem foi machucado por esse homem que agora está morto? Quem infligiu centenas de pequenos cortes? Quem disparou a arma que o matou?

A ferida deles trazia algum orgulho? O único orgulho que meu neto já demonstrou foi o orgulho de fazer algo com as próprias mãos que fosse capaz de nutrir as pessoas. Um coração como esse não carrega o tipo de orgulho que pode levar alguém a cometer assassinato.

Pelo menos é isso que falo para mim mesma.

Quando apago as velas, quando saio da *masa* e *queso*, olho a correspondência na mesa. Todas essas contas que temos que pagar, são as pupusas que vão pagá-las. Meu neto espera que um dia os seus sonhos também consigam pagar essas contas. E entre toda essa correspondência, vejo cartões postais brilhantes da ESCOLA PREPARATÓRIA PROMISE pedindo doações, pedindo que confirmássemos presença na reunião anual, informando sobre novos patrocinadores, dinheiro entrando e saindo da escola, fazendo com que ela fique maior e mais brilhante. Melhor, eles dizem, para o meu neto.

Eu só quero que meu neto seja maior e mais brilhante. Quero que ele consiga mudar de vida.

CAPÍTULO TREZE

Traição

Trey

Eu não devia sair de casa, mas faz cinco dias que me afastei da escola e estou trancado aqui. Já cansei de passar pelas redes sociais, elas só fazem com que eu me sinta pior. Odeio como as mentiras se espalham mais rápido que a verdade.

É como se agora todo mundo achasse que fosse policial: ficam inventando cenários, imaginando um monte de planos elaborados sobre a minha ideia de matar o diretor Moore. Por que as pessoas gastam tanta energia criativa para... sei lá, inventar teorias sobre como eu *não* matei ele? E é pior ainda eu não ter ouvido nada do Brandon. Sei que deve ser porque a mãe dele não deixa, mas ficar trancado em casa com os meus pesadelos e meu tio como companhia, faz com que tudo fique muito pior. Pelo menos eu tenho a minha mãe. Por enquanto.

Às vezes eu fazia caminhadas longas, só pra espairecer. Daria qualquer coisa pra poder fazer isso agora. E quanto mais eu penso, menos ridículo parece. O Rocky nem é longe, e eu não vou pra lugar algum depois. Só ir até lá e voltar. Fazer isso e fumar um cigarro agora seria suficiente para me deixar tranquilo.

Antes que eu desista, saio pela janela e, óbvio, a caminhada faz eu me sentir livre. Fico com capuz na cabeça, para o caso de alguém me reconhecer, e ando rápido, mas ainda assim é bom estar fora de casa. Está escurecendo, e isso ajuda. Talvez não devesse. Mas as sombras são reconfortantes.

Estou quase chegando na loja de quinquilharias quando escuto vozes acaloradas. Fico parado pensando que elas podem ser para mim. Mas elas estão discutindo, e mesmo que minha mãe tenha me dito que eu não devo me meter no problema dos outros, ando um pouco mais devagar, olhando de lado por baixo do capuz.

Quase tropeço de surpresa. É a sra. Hall.

E ela está discutindo com o investigador Bo.

Meu coração dispara, mas meus instintos tomam conta de mim e me enfio atrás de uma lixeira. A voz deles ecoa quando eles andam até o carro.

— Você não tem outras pistas? Estou falando para você, não foi nenhum desses garotos — diz a sra. Hall.

— Você sabe que eu tenho que ter cuidado com...

— Bo, sou *eu*! Você tem que falar comigo sobre isso! Tem muita coisa em jogo!

— Você conhece as regras, Carla! As coisas não estão cheirando bem. Preciso levar em consideração...

— É exatamente isso que eu estou pedindo, que você leve as coisas em consideração! — grita ela. Arrisco e dou uma espiada pelo canto da lixeira. Vejo que aquele corpinho pequeno está balançando os braços. Ela definitivamente não parece grávida. E faz meses. Ela não deveria ter pelo menos um *pouquinho* de barriga? E se ela já teve o bebê, por que não tem foto nenhuma nas redes sociais?

— Carla, Carla — diz o investigador Bo, com a voz baixa. Eu ainda consigo ouvir, mas é bem difícil. — Não temos outros suspeitos no momento, mas tem um funcionário da escola que tem ficha criminal. Nico, alguma coisa. Ele trabalha no refeitório. Talvez eu possa dar uma olhada nisso.

A voz dele vai se tornando mais distante. E fico com os ouvidos bem atentos por alguns minutos antes de dar outra espiada. Olho o bem a tempo de ver a sra. Hall abraçando ele e dando um beijo em sua bochecha. *Ele* é o marido dela? Como é possível que minha professora preferida, a única que parece me entender, entender a gente, possa ser casada com o tipo de cara que faria e diria o tipo de coisa que ele disse no interrogatório? Sou tomado por uma sensação de pavor.

Preciso sair daqui. Se Bo me vir, estou ferrado. E não suporto ver a sra. Hall sendo toda amigável com esse cara. Talvez eu nem saiba quem ela é de verdade. Ela é uma traidora.

Pego o ônibus na volta para chegar mais rápido em casa. A vontade de fumar um cigarro desapareceu. Uma ideia está crescendo na minha cabeça a cada segundo. Nas redes sociais, não param de falar de como eu gritei no refeitório que ia matar o diretor Moore. É por isso que acham que eu sou o assassino. Que coisa idiota para se fazer. Eu fui repreendido por isso, obviamente.

Mas agora, depois de ouvir os dois conversando, penso: quem mais foi repreendido pelo diretor Moore? Quem mais se envolveu com ele? Qual funcionário da escola tem ficha criminal?

Sei que todos os professores têm uma senha para entrar no sistema da escola e fazer a contagem das suspensões e deméritos dos alunos. Se eu conseguisse entrar, poderia ver essas coisas também. E talvez descobrisse quem teve problemas com o diretor na semana do assassinato.

Em casa, perambulo pelo quarto. Quem conseguiria acessar o sistema? Que eu saiba, dois garotos trabalham na secretaria: Solomon e aquele menino dominicano caladão. Acho que ele se chama Omar. Não tem como eu pedir isso ao Solomon, ele me odeia. Não aguenta as minhas piadas. Acho que ele não entende que eu faço piada com todo mundo. É graça para todo lado. Se eu pedisse alguma coisa assim a ele, ele ia contar para todo mundo. Mas pode ser mais fácil com o Omar. Talvez ele se lembre da vez que eu emprestei meu cinto para ele.

Antes de mandar a mensagem para Omar, fico pensando e me lembro da vez que ajudei a sra. Hall com o computador dela, tecnologia não era o forte ali. Ela deixava a senha escrita num papelzinho na mesa dela. Talvez eu mesmo possa tentar entrar no sistema. Qual era a mesma senha?

Tento *CarlaHall* e não funciona, daí vou pra *HallCarla*. Depois coloco *123* no final de cada uma. Nada. Mas os números viajam pela minha cabeça; tenho certeza de que eram números. Número de telefone? Não! Número da sala!

CarlaHall222

Não. Espera.

HallCarla222

E fácil assim, entro no sistema.

Tento não me deixar levar pela animação e pelo nervosismo. Começo a explorar o banco de dados. Levo um tempinho para aprender como as coisas funcionam. Mas a verdade é que qualquer aplicativo de rede social é um pouco mais difícil que isso. Não me impressiona que os adultos tenham dificuldade com essas redes. Vou direto para o *registro disciplinar* e, fácil assim, começo a ver todos os funcionários da escola: professores, inspetores, todo mundo. É muita informação, mas depois que eu entendo como tudo funciona, fica fácil abrir cada arquivo e rolar até o mesmo lugar: registros criminais.

O investigador Bo tinha razão, alguns funcionários têm ficha criminal.

O treinador Robinson é um deles, eu já sabia disso. Ele sempre falou da vida dele antes da escola. Usava isso como exemplo para que eu e os outros garotos ficássemos no caminho certo. Ele estava no jogo quando o assassinato aconteceu. Não pode ter sido ele. Além disso, ele nunca faria uma coisa assim.

Mas daí acho um cara chamado o sr. Martinez, que trabalha no refeitório. Conheço ele. O registro diz que foi presidiário. Merda. Não consigo parar de pensar que poderia ser eu. Como posso julgar esse cara? Mas como não sei mais nada sobre ele, só faço um registro mental com o nome e o rosto dele. Odeio ficar apontando o dedo para as pessoas, mas eu só sei que não fui eu e preciso provar isso.

Saio dos registros de funcionários e vou para o registro de estudantes procurando por qualquer pessoa que tenha sido repreendida nos últimos trinta dias. Mas eu nem preciso de tanto tempo. Só preciso de uma semana.

Vejo meu nome, óbvio. E mais, o nome de um monte de gente por coisas como uniforme incorreto e falar na sala de aula. Bobagens. Também vejo os outros nomes que já estava esperando: Ramón e J.B. As anotações no banco de dados são um pouco estranhas. Para J.B., está escrito: *ataque físico, destruição de propriedade escolar, recomendamos expulsão.* Para Ramón: *porte de contrabando, linguagem vulgar, insubordinação.* Por que tudo parece tão... extremo? Nem quero ler o meu. Os nossos três nomes, os três que estavam na detenção naquele dia terrível. No entanto, mais um nome que aparece no meu radar:

Solomon.

— Pera aí! Pera *aí*! — sussurro.

Solomon: linguagem vulgar, conduta em desacordo. E bem aqui, por esse arquivo, fico sabendo que Solomon deveria estar na detenção aquele dia, no mesmo lugar que eu, J.B. e Ramón. Mas ele definitivamente não estava lá. Então onde raios ele estava? Eu não sei, mas vou descobrir. E já pensei em como.

Keyana Glenn

Quando vejo J.B. na minha janela, jogando tampinhas para chamar atenção, é quase como se estivesse vendo um fantasma, mesmo que tenha sido Moore quem morreu. Tudo o que tem acontecido parece um filme ruim, onde ninguém confia em ninguém e o assassino continua mudando de máscara. Espero que ele seja inocente, mas é difícil para mim confiar nas pessoas, principalmente em caras. Eles ficam de sorrisinho para você e depois se transformam em uma pessoa completamente diferente quando você não está por perto.

Mas assim que vejo o rosto de J.B., sei que ele é inocente. Olho lá embaixo pela janela, e mesmo estando escuro, consigo ver a alma dele brilhando pelos olhos.

— Posso subir? — sussurra ele, só o suficiente para que eu escute.

Confirmo com a cabeça, sem ar.

Eu e ele temos muito em comum. Mas o principal é que as pessoas acham que sabem quem a gente é só pela nossa aparência. Para a maioria das pessoas, ele parece intimidador, então isso significa que ele é automaticamente classificado como o vilão do filme ruim de que eu estava falando. E eu? As pessoas me veem: negra, bonita, inteligente e me consideram alguém cujos sentimentos não importam. Como se eu fosse feita de aço e eles pudessem fazer o que quiserem comigo.

Quando J.B. sobe no meu quarto, ele me olha, os olhos quentes e castanhos, e eu meio que quero derreter neles.

Abraço ele e ele me abraça de volta. Ficamos presos nos braços um do outro por um bom tempo, antes de eu o escutar sussurrar:

— Preciso da sua ajuda. — Faço que sim com a cabeça. E aí ele sai do abraço. — Mas antes eu preciso só olhar pra você.

E é isso que ele faz. No começo, fico desconfortável com ele parado ali me olhando, mas o olhar dele é como aquelas luzes especiais que são colocadas nas plantas. Parece que eu estou me abrindo e crescendo. Quando ele me beija, sinto como se cada parte de mim florescesse.

— Senti falta do seu rosto. Da sua voz, também. — É o que ele diz depois. Quando estou na cama fazendo carinho no pescoço dele.

— Você tá me zoando — provoco.

— Não tô. Você é especial pra mim — diz ele, sério.

Nem sei o que responder, meu coração está cheio. Então eu só continuo fazendo carinho no pescoço dele e digo:

— Você precisa da minha ajuda para quê?

— Para limpar meu nome.

Engulo em seco.

— Eles estão falando que tem mais dois suspeitos. — É tudo o que consigo dizer.

— É isso mesmo. Não sei qual deles puxou o gatilho, mas eu preciso descobrir.

Fico animada.

J.B. não sabe disso, ninguém sabe, mas eu quero ser advogada. Não o tipo de advogada que coloca as pessoas na cadeia, mas o tipo que tira as pessoas de lá. Uma advogada de defesa. Mesmo sem saber, J.B. pediu ajuda para a pessoa certa.

— Claro — respondo, e estou sendo sincera.

Muitas pessoas não entendem que muito do que faz uma advogada ser boa é o trabalho investigativo. Fazer as perguntas certas para as pessoas certas, na hora certa. Então quando J.B. vai embora da minha casa, começo a trabalhar.

Eu não estudo na Promise, mas conheço um monte de garotas que tem irmãos, namorados e primos lá. E são as garotas que sabem de tudo. As pessoas falam que é só por causa da fofoca, mas isso é bobagem. Todo mundo sabe que os garotos fofocam muito mais, então não é por isso.

As garotas têm que prestar atenção em tudo. Ainda mais garotas como eu. É um mecanismo de sobrevivência. É como a gente consegue se manter de pé em um mundo que é tão incrivelmente perigoso para a gente. A gente presta atenção em tudo, mapeia as possíveis ameaças e guarda tudo na memória.

Quando chego na escola, no dia seguinte, tem uma lista de pessoas com quem preciso conversar. Keisha, que conhece Kendall, que namora Bryan, que estuda na Promise. Jasmine, que tem um irmão que joga basquete com Brandon e Trey. Alexis, que namora um menino que foi expulso da Promise pelas notas baixas. Algumas pistas parecem becos sem saída, mas outras parecem bem interessantes. Anoto tudo que escuto. Pego números de telefone. Anoto datas. Tudo isso enquanto ainda presto atenção nas aulas, porque não brinco quando o assunto são minhas notas.

Mas como J.B. está sem celular, só tem um jeito de falar com ele sobre tudo o que descobri.

CAPÍTULO CATORZE

Omar

J.B.

Nunca pensei que Keyana fosse o tipo de garota que mata aula, mas tem alguma coisa de especial em saber que ela não está só matando aula, ela está fazendo isso para passar tempo comigo. E depois de tantos dias sozinho, com a minha mãe indo e vindo, pegando turnos extras no hospital, ver Keyana aparecer na porta da minha casa é como ser abraçado pelo sol no inverno.

No começo, ela fica tímida na minha casa, então me certifico de que fiquemos apenas na sala para ela não ficar nervosa. Ou pensar que eu a estou pressionando a fazer qualquer coisa. Ainda não consigo acreditar que ela é minha namorada. Fiquei me perguntando se ela ainda ia querer ser minha namorada depois de tudo o que aconteceu, mas ela continua me olhando com aqueles olhos que dizem que ela se sente do mesmo jeito que eu.

A gente senta no sofá e ficamos nos encarando por um tempo. Estar aqui lado a lado é uma coisa diferente. Ela fez isso mesmo. Ela veio ajudar. Ela acredita em mim, pelo menos o suficiente para estar aqui.

— Estou feliz por você estar aqui — digo, de repente, para quebrar o silêncio. Resisto ao impulso de beijar Keyana, enquanto ela me olha e eu encaro aqueles lábios carnudos.

— Também estou feliz por ter vindo. Eu não vou te dar um gelo, sabe.

— Esse é um dos motivos de eu ter ido na sua casa no outro dia. Queria que você soubesse que eu estava pensando em você. Que não estava sumindo do mapa. Sei que foi isso que você pensou no dia do jogo. Quando eu... você sabe.

— Quer dizer, eu não achei que você estava me dando um gelo quando os policiais apareceram. Mas antes disso, eu pensei — diz ela, olhando para o tapete.

— Foi o Moore. Eu estaria lá se não fosse por aquele perturbado.

Ela morde os lábios e arregala os olhos. Mas ela não para de olhar para o tapete.

— Parece que todos vocês tinham problemas com ele — diz ela, baixinho.

Cerro os dentes.

— Por isso toda essa confusão. Porque todo mundo tinha. Depois daquilo, do que ele fez... eu odiei ele. Mas eu não mataria ninguém. É por isso que fui na sua casa. Porque eu não vou conseguir fazer isso sozinho. Preciso que alguém acredite em mim.

Ela fica em silencio e meu coração fica apertado.

— Você acredita em mim, né?

— Acredito. Mas tenho perguntas.

— Eu sei. Eu também tenho. Mas acho que sei como encontrar respostas. Alguém levou uma arma pra escola naquele dia. Tenho que descobrir quem foi.

Keyana arregala ainda mais os olhos.

— Como assim? Como você sabe?

— Achei a arma no banheiro do porão da escola.

Keyana dá um pulo do sofá.

— Você contou isso pra alguém da escola?

— Não.

— Por que não?

— Porque as pessoas iam me achar um dedo-duro? Isso é uma sentença de morte. E eu definitivamente não posso contar pra polícia agora.

Keyana vira a cabeça de lado e pergunta:

— Por quê?

Fico em silêncio antes de dizer:

— Eu estava com medo de alguém usar, então tirei ela de lá. Deixei digitais.

Keyana fica quieta por bastante tempo. Acho que ela vai levantar e ir embora, mas não é o que acontece.

— Onde você deixou? — pergunta ela, baixinho.

— No forro.

— A gente precisa ir lá ver essa arma, mas não agora, a polícia deve estar fazendo ronda na escola.

— Tá bem, mas e agora?

— Bem, eu estava pensando no que você disse aquele dia — diz ela, focada. Keyana encosta no sofá. — E comecei a perguntar por aí. Porque a gente precisa mesmo saber quem foi o culpado. Não só pra limpar a sua barra, mas também para a polícia não usar isso como desculpa para ficar em cima de qualquer cara negro ou marrom que passa na frente deles.

É por isso que eu gosto dela, ela é tão inteligente.

— Perguntando por aí... onde? — pergunto.

— Todos os lugares. Por exemplo, essa menina chamada Rachel estuda na minha escola. Ela tem um irmão que estuda na Promise e ela acha mesmo que foi aquele Ramón que atirou. Você o conhece?

Dou de ombros.

— Não conheço esse cara. Só sei que ele estava fazendo pupusas e que eram muito boas.

Uma ideia aparece na minha cabeça.

— Espera aí, eu vi ele indo para o banheiro que estava com a arma. Não achei que ele fosse encontrar, mas é possível.

— Claro que é. A Rachel disse que ele está metido com gangue. Não sei. O que seu instinto está dizendo?

Encaro os olhos de Keyana e digo:

— Trey.

— É mesmo?

Ela pega a bolsa e tira o celular de lá.

— Todo mundo tem uma teoria, como você já deve imaginar. Mas algumas pessoas têm mais informações do que outras. Coisas que elas viram e ouviram. Então eu comecei a fazer uma lista com anotações. E de tudo isso, Trey parece o mais suspeito.

— Posso ver?

Ela me entrega o telefone e olho as anotações que ela tem feito. Ela fez tudo isso desde que eu fui lá na casa dela. É impressionante.

LISTA DE SUSPEITOS

Trey: Não estava na sala de detenção como deveria. Outros alunos testemunharam a ameaça dele a Moore no dia do assassinato, dizendo que ia matar o diretor.

Ramón: No dia anterior ao assassinato, Moore chamou a polícia para prender o primo dele. A fofoca que corre é que Ramón estava conversando com os Dioses del Humo naquele dia.

Omar: Cara estranho, última pessoa a ser vista com Moore.

Olho pra ela.

— Omar?! — digo, levantando a voz. — Quem disse *isso*?

Keyana fecha os olhos, tentando se lembrar.

— Tenho quase certeza que foi a garota que tem um irmão que trabalha na secretaria da Promise. Um cara chamado Sal? Solomon?

— Solomon — respondo, surpreso. — Conheço ele. Ele acha que foi o Omar que matou o diretor Moore?

— Não. A irmã dele tem quase certeza que foi o Trey, mas ela disse que o Omar foi a última pessoa que o irmão viu com o Moore. Anotei isso só por via das dúvidas. Acho que quanto mais suspeitos, melhor.

Aquilo era estranho porque não ouvi nada sobre Omar e Moore. Omar era um garoto quieto, e isso traz vantagens em momentos como esse. Tenho certeza de que ninguém na escola pensaria nele como o assassino.

— Preciso descobrir mais dessa história. Vou mandar mensagem para o Solomon — digo. Mas minha esperança logo morre. — Droga, não estou com meu celular. Nem sei o número dele.

— Posso mandar mensagem para a irmã dele. Mas você sabe a arroba dele nas redes sociais ou alguma coisa? Pode ser mais rápido.

Me endireito no sofá.

— Boa! Você vai mandar mensagem para ele?

Ela já está mandando. Nem tenho que lembrar a arroba dele, ela digita *Solomon Bekele* e pronto, ele já aparece. Ela manda uma mensagem curta:

Estou tentando provar que J.B. é inocente. Ele disse que vocês se conhecem. Você pode ajudar?

— Okay. Agora a gente espera. Vamos olhar os outros suspeitos — diz ela.

Sentamos mais perto um do outro, nossos ombros se tocam, encarando a lista no telefone dela. Sei que deveria estar focado no caso, mas o cheiro dela é tão bom. Tenho vontade de fechar os olhos e só ficar cheirando aquilo.

Parece que ela está sentindo a mesma coisa. Ela se encosta um pouquinho em mim, vira o rosto na minha direção. Pode parecer ridículo pensar em qualquer coisa que não seja minha acusação de assassinato, mas Keyana é especial.

— Espera! — diz Keyana, animada, e se afasta. — Solomon respondeu!

Me sinto quase decepcionado. Mas coloco a cabeça no lugar. Isso é importante.

Keyana abre a mensagem depressa.

Posso ajudar, o J.B. é maneiro. O que posso fazer?

Ela sorri. Droga, sou tão sortudo por ter Keyana ao meu lado.

Ela digita: *Me falaram que você trabalha na secretaria? Você viu alguma coisa?*

Esperamos impacientes até a resposta dele aparecer.

Espera, tenho que ficar na encolha. Omar trabalha aqui também e não quero que ele veja.

— O que você sabe sobre esse garoto, Omar?

— Ele é caladão. Já vi ele fazendo uns vídeos pra escola.

A mensagem de Solomon aparece.

— Ah, merda, olha isso — diz Keyana, feliz.

Solomon mandou duas fotos: o registro de visitantes da secretaria no dia do assassinato. Não é muito longa, mas há nomes o suficiente para ter que deslizar.

— Reconhece alguém? — pergunta ela, testa franzida em concentração.

Dou uma olhada na lista, pulando os sobrenomes que conheço, devem ser os pais dos meus colegas.

E é aí que meus olhos param em um nome que eu conheço.

— A sra. Hall. Ela é minha professora preferida, mas ficou de licença esse ano — digo. Lembro de ter visto ela comprando vinho no Mariano, mas não tem a mínima chance de ela ter matado alguém. — Encontrei com ela um dia antes do assassinato e ela me disse que tinha ido ver Moore. Parecia bem chateada. Estranho ter voltado bem no dia seguinte, mas talvez ela quisesse continuar a conversa?

— Interessante. Isso parece suspeito. Não vamos desconsiderar o nome dela, mas tem mais alguém aqui na lista que você acha que pode ser suspeito?

— Stanley Ennis.

— Quem é?

— É um ricaço. Ele sempre vem aos jogos. Parece que ele faz doações para a escola. E gosta de colocar o nome dele nas coisas. Daquele tipo que ama ser visto como o salvador da pátria. Ele sempre pareceu okay, mas me dava uma sensação estranha, sabe? O clássico cara branco que fica estufando mais o peito quando está perto de caras negros. Até crianças. Ele e Moore discutiam muito. Mas não sei. Não pratico esportes na escola, e ele só fala disso.

— O Solomon pratica esporte? — pergunta ela, pronta para digitar.

— Não que eu saiba.

— Você conhece alguém que pode nos ajudar nisso?

Paro um pouco para pensar. E daí lembro.

— Você não vai gostar disso.

— O que?

— Trey. Ele conhece o Ennis.

— Trey?! O cara que muita gente acredita que *seja mesmo* o assassino? O cara que *eu* acredito que foi?

— Eu sei, eu sei, mas talvez a gente possa confirmar que não foi ele e depois perguntar sobre o Ennis.

Ela me encara, parecendo avaliar.

— Você disse que a gente deveria considerar todas as pistas, não é? — digo, implicando com ela.

— É... — suspira ela.

— Bem, vamos falar com ele.

CAPÍTULO QUINZE

Anjos

Trey

Sair escondido de novo é um risco muito alto. Mas meu tio está na rua e eu preciso sair. Não consegui pensar em mais nada desde que entrei na conta da sra. Hall no sistema da escola. Preciso falar com o Solomon.

Às vezes eu e uns outros caras do time ficamos jogando bola no centro de recreação Turkey Thicket. É um dos poucos lugares da cidade com quadra coberta. Quase sempre vejo Solomon lá, jogando futebol, então é por lá que eu começo.

Para sorte dele, eu não estou aqui pra brigar, mas se eu estivesse, ele estaria em apuros. Então, quando chego no centro, fico olhando da lateral da quadra, tentando não ser visto.

Tarde demais.

Na mesma hora que vejo Solomon, os amigos dele me veem. Alguns deles estudam na Promise e percebo que ficam nervosos. Cutucam Solomon, e quando ele me vê, fica sem reação.

— Cara, vem aqui, preciso falar contigo! — digo.

Ele não se mexe.

— Não me faz perder tempo, cara. Ninguém aqui quer brigar com você.

Mesmo sem querer, ele acaba vindo na minha direção. Tem medo de parecer um mané.

— O que foi?

— Cara, onde você estava naquele dia? — Tento não parecer um policial. Mas eu realmente preciso saber.

— Quando?

— No dia que ele morreu. No dia que o diretor morreu. Você devia estar na detenção junto com a gente. Mas só eu, J.B. e o Ramón estávamos. Então onde *você* estava?

Solomon olha para trás e depois dá um passo na minha direção.

— Como você sabe disso? E por que você se importa? — pergunta ele me encarando.

— Por que *eu* me importo? Como assim por que eu me importo? Porque eu sou suspeito de assassinato, é por isso! E se não fui eu, e não foi mesmo, então eu preciso descobrir quem foi antes que eu seja preso. — Fico olhando para ele. — Estou pensando que talvez tenha sido *você*.

Ele me encara e vejo em seu rosto que até agora ele achava que tinha sido eu. Provavelmente porque ele está pensando nas vezes que o provoquei, porque ele não me conhece de verdade. Qualquer um que me conheça sabe que eu sou inocente.

— Só porque eu não estava na detenção, não quer dizer que fui eu que fiz aquilo. Que merda! — diz ele.

— Então, onde você estava? Pelo menos você tem um álibi?

— Eu não tenho que contar nada pra você. Eu...

— Cara, se você não me contar... Você não tem nada pra esconder, tem?

— O supervisor Hicks disse que eu podia cumprir a detenção no escritório dele. Eu disse que não me sentia confortável em ficar na detenção com você, então ele disse que eu podia ficar no escritório dele. Ok? Satisfeito agora?

Fico encarando o cara, de repente, me sinto culpado. Achei que ele sabia que era tudo brincadeira. Mas no final das contas, eu acabei fazendo esse garoto sentir como se não pudesse sequer ficar na mesma sala que eu. É uma sensação horrível. Mas eu preciso focar no problema que tenho na minha frente.

— Certo. Você estava no escritório dele, então você tem um álibi.

— Tenho. Ele ficou comigo até recebermos a mensagem da segurança, dizendo que havia um problema, então ele foi embora. Mas eu estava colocando várias informações no computador dele, então tem horário de tudo que eu fiz. Você deve conseguir checar isso, uma vez que você descobriu que eu deveria estar na detenção.

Ele me encara como se quisesse brigar, mas eu sei que ele não quer.

— Eu tinha que perguntar, cara — disparo. Não que estivesse esperando que ele fosse o assassino, mas eu esperava que ele me desse *alguma* coisa que fosse possível de aproveitar. — Pelo menos eu perguntei! Sei que você fica por aí espalhando um monte de boato. Vi o seu post no Instagram falando que o time de basquete ia jogar na cadeia. Você acha que isso é engraçado?

Ele parece estar envergonhado, mas também irritado e me responde:

— Você está perdendo tempo aqui! Se fosse inteligente, ia conversar com aquele cara, Ramón. É, na hora pensei que tivesse sido você, mas depois fiquei sabendo que eles encontraram alguma coisa daquele cara na cena do crime. Você tem que falar com *ele*. Ou, droga, até mesmo o Omar. Vi ele saindo do escritório do Moore aquele dia. Falei isso para aquele outro cara também, J.B. Nem vem para cima de mim, como se eu tivesse feito alguma coisa, porque eu não fiz.

E aí que ele se vira e volta para seus colegas de futebol. Todos me olhando enquanto eu saio da quadra.

Que bagunça. Nunca achei que Ramón fosse uma possibilidade. O cara sempre pareceu muito tranquilo. Mas vai saber o que aconteceu quando eu saí da detenção aquele dia. E Omar? Isso nem parece possível.

Volto pra casa me sentindo pior do que quando sai. Quando subo de novo pela janela, me assusto em ver que o meu quarto não está vazio. Tropeço e caio de cabeça no chão.

Minha mãe está sentada na minha cama com as mãos no colo.

— Mãe! Droga! Você me assustou pra caralho!

— Olha essa boca suja — diz ela, com gentileza. Sei que ela não está brava. Ela me olha com calma, mas os olhos dela parecem cansados e tristes. — Como você está segurando as pontas?

Ela nem me pergunta onde eu estava, não diz nada sobre eu ter quebrado as regras do meu tio.

— Nem sei, mãe — respondo. Quase não consigo olhar para ela. Me jogo na cama e cubro os olhos com um dos braços.

— Escolha duas sensações — diz ela.

Meu coração fica apertado. Ela costumava fazer isso quando a gente ainda morava junto. Quando eu era criança, eu hiperventilava tanto que nem conseguia respirar. Quando fui ficando mais velho, em vez de hiperventilar, eu só ficava quieto. Calado como uma pedra. Sem sentir nada. E só de ouvir ela dizer essas palavras, minha respiração já acelera.

— Escolha duas — repete ela, bem devagar.

Tento me concentrar no que está acontecendo no meu interior. É muito difícil quando todo o resto é uma confusão.

— Medo — sussurro. — E decepção.

— Eu entendo o medo. Mas você está decepcionado com o quê?

— Parece que... que tudo está indo por água abaixo. Todos os meus sonhos e esperança. A única coisa na qual eu sou bom está desaparecendo. Aquele jogo poderia ter mudado tudo. Acho que ele até fez isso de alguma maneira, da pior maneira. Tudo por causa daquele cara.

— O que mais? — pergunta ela. Mesmo quando ela estava mal, ela sempre conseguia me pressionar por um pouco mais. Ela sempre sabe quando estou escondendo alguma informação.

— E eu acho... Eu acho... Eu acho que estou decepcionado com... O tio T. e com o Brandon, meu melhor amigo. E com a sra. Hall. Toda essa gente deveria me proteger, mas... Ninguém fez nada.

— Eu também.

— Hã?

— Eu também. Eu deveria proteger você. E não fiz isso.

— Não é sua culpa, mãe — sussurro com o braço no rosto. — Você está lidando com suas coisas.

— Você também é uma coisa *minha*. Olhe para mim, Trey.

Levo um tempo para reunir a coragem e levantar o braço, mas quando faço isso, vejo que ela está um pouco mais perto. Quando encaro os seus olhos, vejo que ela sorri, um sorriso triste.

— Sinto muito que isso esteja acontecendo. Queria poder mudar muitas coisas.

— A vida é assim mesmo — murmuro.

— Não é não — diz ela. E fico surpreso em perceber que ela levantou a voz. Aqui na casa do tio T, ela tem estado tão quieta e triste. — A gente não vai levar essa bucha quieto, ok?

— Diz isso para o tio T. Ele já deve estar esperando o veredicto de culpado.

— Sabe quando ele saiu mais cedo? Ele estava indo conversar com outro advogado. Alguém que não ache que você é culpado. E não se esqueça, você ainda não foi acusado de nada. A gente vai continuar rezando e fazendo amigos. Estou confiando nos anjos, e você deveria fazer o mesmo.

Não falo isso em voz alta, mas penso: *Os anjos estão olhando por mim? Só vejo pessoas achando que eu sou o demônio.*

— Acho que o seu telefone está tocando — diz ela. Ela pega o telefone debaixo da perna e o passa para mim.

— Ele tocou o dia inteiro. Todo mundo está me ligando em busca de notícias do caso — digo olhando as minhas mensagens.

Quando chego no final, vejo uma mensagem de uma conta que eu não sigo. Uma garota chamada Keyana.

Estamos tentando descobrir quem realmente fez isso. Quer participar? Encontre a gente no Meridian em uma hora.

Fiquei encarando a mensagem com olhos arregalados. Vou no perfil da garota e vejo que ela postou J.B. LIVRE na conta dela. Justamente com quem eu queria falar, já que fiquei sabendo pelo Solomon que ele também está fazendo perguntas por aí. Minha mãe olha por cima do meu ombro.

— Enviado pelos anjos, como eu disse — sussurra ela.

— O tio disse que eu não posso sair de casa — respondo, ainda encarando a mensagem. Estou procurando uma desculpa. Mas aí começo a pensar, e se for uma cilada?

— Bem, você já quebrou as regras uma vez — diz ela, sorrindo. — A gente pode ir junto. O seu tio pode me culpar, se ele quiser.

— Pode ser perigoso, mãe.

Ela me encara e responde:

— Garoto, quem é sua mãe? Pode ir calçando os sapatos.

CAPÍTULO DEZESSEIS

Entrega

Ramón

Tenho que encontrar Magda e Luis daqui a pouco, mas preciso fazer uma coisa antes. Não contei para Magda porque eu sabia que ela ficaria brava, mas estou com um sentimento crescendo em mim que parecem faíscas antes de um incêndio. Várias pequenas fagulhas se tornando apenas uma bem grande. E crescendo cada vez mais. Raiva, medo e ressentimento. Tento engolir tudo. Mas estou ficando sem espaço.

Ever está andando um pouco à minha frente. Tenho seguido ele pelo bairro. Não consigo esquecer do dia do assassinato. Fui para o banheiro cheio de raiva e liguei para ele. Contei que não ia arranjar o dinheiro da fiança do meu primo por conta do que o diretor tinha feito. Ele disse que eu não precisava me preocupar. Disse que a gangue ia dar um jeito, e que Moore ia receber o que merecia.

O que ele quis dizer com aquilo? Preciso descobrir.

Ever vira numa esquina e eu fico um pouco para trás. Me escondo atrás do arbusto e vejo o endereço aonde ele vai: Bosetti, 314. Anoto no meu telefone.

Quando ele está parado na porta, de costas pra mim, começo a me aproximar. Não sei o que quero. E se ele me vir? Vai me machucar? Vai tentar me matar? Mas meus instintos me dizem que ele é o melhor lugar para começar a ter respostas, então escolho continuar seguindo Ever.

Meu coração dispara quando penso em encarar Ever. Olho para o lado, para as pessoas na rua, a fim de me certificar de que nenhum outro membro da Dioses me veja. Se as pessoas ficarem sabendo que eu estava seguindo Ever, vai parecer bem suspeito.

Enquanto me aproximo do prédio, vejo um cara sair para encontrar Ever. Ele é cheio de tatuagens. Principalmente tatuagens da Dioses. Eles olham para a rua e eu me escondo atrás de uma árvore. Fecho os olhos como se isso fosse me fazer ficar invisível. E mesmo que isso não seja uma brincadeira, lembro de quando eu e César costumávamos brincar de esconde-esconde.

Observo de trás da árvore para conseguir enxergar o que está acontecendo. E o que vejo me faz começar a suar.

Sr. Martinez.

Sr. Martinez, ou Nico, como a gente chamava. Ele era um cara novo que trabalhava na cozinha da escola. Ele não deve ser muito mais velho que o César e é um dos poucos funcionários da escola que vem de El Salvador. Então a gente sempre teve uma conexão. Nico era quieto. Olhos e rosto sérios. Claro que ele parecia intimidador, mas eu achava que ele tinha deixado os dias de Dioses no passado. Mas talvez não?

Tenho que ver melhor, mas é muito arriscado. Tento andar o mais perto das lojas quanto possível, caso Ever me olhe e eu tenha que entrar em uma. E é então que eles saem do prédio e começam a andar em direção à viela. Sigo os dois de longe.

Ever tira um envelope gordo do bolso e entrega para o sr. Martinez. Já vi isso antes e não tenho dúvidas de que o envelope está cheio de dinheiro. Nico pega o dinheiro e entra pela porta de trás de um dos prédios. Ever começa a fazer o caminho de volta e eu saio, me escondendo atrás de outra árvore.

Isso foi estranho.

Sigo Ever até o cruzamento, ele vira a esquina e desaparece de vista. Quando ele some, volto para o prédio da Bosetti, 314. Quando chego, vejo que é um restaurante de comida salvadorenha chamado El Rincón.

Sinto um nó na garganta e todo aquele fogo se esparrama pelo meu peito. Penso na minha abuela e no que seria ficar longe dela se eu fosse para a prisão. Tudo porque alguém matou um homem que eu odiava e me deixou levar a culpa. Pelo que eu sei, poderia ser Nico Martinez. Ele tinha oportunidade e motivo. E agora ele está recebendo algum tipo de pagamento do Ever? Isso parece ser uma boa pista, mas preciso descobrir mais antes de contar para Magda e Luis.

Mudança de planos

Magda, Ramón, Luis.

Magda: Ainda vamos nos encontrar às 17h30?

Ramón: Sim, tenho algumas informações que preciso passar.

Luis: Beleza. Quais informações?

Ramón: Prefiro não mandar por mensagem.

Luis: Caraca, parece Jason Bourne, amei. Vamos pra sua casa, né, Ramón?

Ramón: Na verdade, acho que a gente podia se encontrar no parque. Os Dioses têm feito muita ronda. Não quero que eles estejam por perto quando a gente conversar. A última coisa que eu preciso é ver vocês dois envolvidos nessa bagunça.

Magda: Justo. O que eu falo pro César?

Ramón: Nada por enquanto. Eu mesmo vou falar com ele. Só ainda não sei o que dizer.

Luis: Qual parque?

Ramón: Meridian.

Luis: Beleza, a gente se vê.

Magda: ...você vai trazer pupusas, né?

Ramón: Óbvio.

Luis: BOA!

Pronunciamento da deputada Ford

É raro vermos um caso afetar tantas partes da nossa comunidade. Um herói para muitos, um funcionário dedicado àqueles que precisavam de ajuda, a perda do diretor Kenneth Moore reverberou pela cidade, e seremos incansáveis em nossa busca por justiça.

O caso ainda está sendo investigado, e eu supervisionarei seus desdobramentos. O supervisor Wilson Hicks anunciou que infelizmente não existe nenhuma pista nas câmeras de segurança da escola, mas ouvi que e-mails de ameaça vindos de um remetente não identificado serão revelados hoje, e isso pode ajudar a investigação. A esperança é que alguém reconheça algo nesses e-mails, seja uma informação ou um jeito de falar, e ajude a polícia a encontrar o assassino.

Por isso, esse número que vocês veem na tela é uma linha exclusiva para pistas sobre esse caso, e podem entrar em contato se obtiverem alguma informação a partir dos e-mails. Enquanto isso, trabalharei junto de outros deputados, em parceria com o conselho da escola, para desenvolver uma nova legislação para os seguranças escolares, a presença deles pode evitar que outro crime horrível assim aconteça.

BOA NOITE, PRIMO

Ramón: Primo

César: ?

Ramón: Não quero ir pra cadeia.

César: ...

Ramón: Você não vai dizer nada? Tá com vergonha de mim?

César: Por que eu teria vergonha de você?

Ramón: No sé.

César: Por quê?

Ramón: O Ever te contou?

César: ?

Ramón: O que eu falei pra ele fazer. Ou não.

César: É, ele me contou.

Ramón: Desculpa. Eu não sou igual a vocês.

César: Eu nunca quis que você entrasse nessa vida. Só queria manter você em segurança.

Ramón: Quer dizer que você não queria matar o diretor?

César: Não disse isso. Boa noite, primo.

CAPÍTULO DEZESSETE

Confiança

Ramón

Sento embaixo de uma árvore no meio do parque, esperando Magda e Luis. Quando a gente era mais novo, costumava vir aqui. Não era território dos Dioses, nem de outra gangue, então era um lugar seguro para passar o tempo.

Ainda assim, não consigo evitar ficar olhando ao redor, como se o Ever ou o Nico fossem aparecer a qualquer momento.

Me sinto péssimo em estar aqui sentado nesse parque quando deveria estar em casa. Só posso imaginar como abuela ficaria decepcionada se descobrisse que eu estou saindo escondido. Mas não consigo ficar esperando que eles digam que eu sou o culpado.

O parque está quase vazio, a não ser pela sombra de um cara e uma menina andando na grama. Luis e Magda estão vindo me ajudar, como disseram que fariam.

Mas quando eles se aproximam, vejo que não são Luis e Magda. A menina é muito baixa e o cara, muito alto. *Muito* alto.

Púchica. É *ele*. J.B. Williamson. Não conheço a garota, mas ela já me viu e cutuca J.B. apontando outro gazebo. Ele está indo para onde ela apontou, mas paralisa quando me vê. Ao mesmo tempo, outra pessoa aparece no parque, mãos nos bolsos e vindo em nossa direção. É...?

Nem percebo quando Magda se aproxima.

— Ei, foi mal o atraso. É culpa do Luis. — Ela se joga no banco, bebendo uma horchata em copo de viagem.

— Ah tá, é culpa sua.

Eles continuam falando, mas meus olhos estão fixos nas outras pessoas no parque.

— Magda — chamo, mas eles não me ouvem.

— Do mesmo jeito que é minha culpa a Reina não querer sair com você? — pergunta Magda.

— Isso *foi* sua culpa, Magda! Falei para você dizer que eu estava a fim dela, e não que eu queria casar com ela!

— Mas eu lembro bem de você dizendo exatamente isso.

— ¿¡Callense!? — grito, com um tapinha no ombro deles. — Olhem. Estão vendo o mesmo que eu?

Finalmente os dois olham, e, a menos de cem metros, J.B. Williamson e a garota estão esperando, e cinquenta metros ao lado...

— É o Trey — diz Luis, se ajeitando no banco.

— Luis, você falou para eles virem aqui? — pergunta Magda, empurrando o ombro dele.

— Não! Claro que não, isso seria estranho! Não disse nada a ninguém.

Ficamos olhando J.B. e a garota andarem devagar até Trey. Eles ficam um pouco distante uns dos outros e falam pouco. E então os três olham na nossa direção.

— A gente devia ir embora. Quais as chances de vocês três estarem aqui ao mesmo tempo? Parece uma armadilha — diz Magda, baixinho.

— Que nada, isso deve ser um sinal — responde Luis.

— Um sinal de quê? De que se alguém vir a gente vai achar que é uma conspiração? Que a gente planejou junto como matar o diretor? — digo.

— Bem pensado. Talvez Magda tenha razão e a gente deva mesmo ir embora — diz Luis.

— Só um minuto — falo.

Magda e Luis ficam em silêncio enquanto penso. Observo os outros, eles nos observam, e tenho a sensação de que eles chegaram a mesma conclusão que a gente.

Antes que eu possa decidir o que fazer, percebo que Trey olha para gente e faz um sinal com a cabeça.

— E aí, Luis? Tudo bem? — grita ele.

Luis para, olha pra mim e pra Magda, e responde:

— Aham, tudo bem. E aí?

Trey faz que sim com a cabeça, depois fala com J.B. Meu coração dispara quando os três (J.B., Trey e a garota) começam a vir na nossa direção. De repente, me arrependo de ter vindo aqui.

— Ramón, certo? — diz J.B. enquanto anda. A garota que está com ele é muito bonita, pele negra e cabelo preto. Os olhos dela são sérios. Ela fica olhando pra Trey e ele fica olhando para trás.

— Isso mesmo. O que vocês estão fazendo aqui? — pergunto, e depois engulo em seco.

Nenhum dos caras fala nada, só ficam murmurando. Mas a garota responde.

— E aí? Sou a Keyana. Namorada do J.B. — Ela parece um pouco envergonhada de dizer isso como se ainda estivesse se acostumando com a ideia. — A gente.... hã... A gente decidiu encontrar com Trey para entender o que está acontecendo. Porque agora a coisa não está parecendo boa para ninguém.

— Nem para você, não é mesmo? — pergunta Trey, me encarando. E depois ele olha para trás de novo. Não vejo ninguém a não ser uma mulher solitária no banco do outro lado do parque.

— Vocês acham que isso é uma boa ideia? Algumas pessoas estão dizendo que vocês três planejaram tudo — interrompe Luis.

— É só mentira e fofoca. Eu nem conheço essas pessoas — responde Trey, nervoso.

— *Eu* conheço você. Você joga no meu time, cara. Nunca pensei que tinha sido você — diz Luis.

— E parece que você é amigo do Ramón. Então isso significa o quê? Você acha que fui *eu*? — diz J.B., seco.

Ficamos nos encarando por um momento. Os ânimos estão à flor da pele. O rosto de Luis está ficando cada vez mais vermelho de raiva, mas antes que ele possa responder, eu interrompo.

— Essa não é a questão agora. Agora a gente precisa se certificar de que ninguém veja a gente.

— Só tem uma mulher ali atrás — diz Luis, apontando pra mulher que eu já tinha visto.

Trey murmura alguma coisa.

— Hã?

— É a minha mãe. Ela veio comigo — diz ele.

Ninguém diz nada. Percebo que tanto eu quanto J.B. temos alguém da nossa idade do nosso lado, mas Trey, não. Ele deve estar se sentindo muito sozinho.

— Então vamos tentar entender isso — diz Magda e Keyana concorda. — O que a gente sabe?

— A gente sabe que eu não sou culpado — diz Trey, rápido.

— Eu *não* sei isso — respondo.

J.B. vira pra mim e diz:

— E eu não sei que não foi *você*. Você saiu da detenção para fazer uma ligação e, de repente, o diretor estava morto.

Ele tem razão. Mas eu tinha que ligar para Ever antes que fosse tarde demais. Sinto os olhos de Magda em mim.

— Bem, você é mais suspeito do que eu. O sangue dele estava nas suas roupas — respondo.

— Não era sangue dele! — grita ele enquanto dá um passo em minha direção.

Fico tenso, esperando que ele queira brigar. Com esse tamanho, não sei se eu aguento brigar com ele, mas não posso recuar agora. Keyana pula na frente dele, e não digo que não fico grato.

— A gente sabe de uma coisa: Trey estava tentando investigar, assim como a gente. E ele achou uma boa pista. A gente também achou a mesma pessoa. É por isso que confiamos um no outro. Mas não sabemos nada de você. Dizem por aí que os Dioses del Humo podem estar envolvidos. E além disso, o seu pente estava na cena do crime — diz ela.

Engulo em seco.

— Como você sabe tudo isso? — pergunto.

— As fofocas voam.

— Não sei como pente foi parar lá, mas o diretor pegou minhas pupusas naquele dia. Pegou minha bolsa toda!

— Ah, tá bom. Parece suspeito pra mim — diz Trey calorosamente.

O medo me faz ficar enraivecido.

— E *eu* fiquei sabendo que há imagens de você saindo de fininho da escola.

Ele faz uma careta, e eu também.

— Seu primo não é gangsta? Fiquei sabendo que a morte foi encomendada — diz ele.

— Só porque meu primo está na gangue, não significa que eu esteja também.

— Fofoca atrás de fofoca — diz Magda, translúcida como água.

— Bem, não fui eu — digo, e preciso que eles acreditem em mim.

— Então quem foi? — pergunta J.B., parecendo mais cansado do que nervoso.

Percebo que J.B. e Trey querem resolver isso tanto quanto eu. Talvez eles não tenham feito nada, e eu preciso trabalhar com eles. E mesmo que eles tenham feito alguma coisa, me aproximar deles pode significar conseguir vigiar o que eles estão fazendo e encontrar outros potenciais suspeitos.

Mas não posso contar a ele sobre o Nico. Eles suspeitariam ainda mais de mim, já que ele é um Dios. Ou pelo menos, era.

— Todo mundo, olha, acabaram de publicar os e-mails do assassino! — grita Keyana.

Ela vira um pouco o telefone e todo mundo se curva para ler.

E-MAILS RECUPERADOS DO COMPUTADOR DO DIRETOR MOORE

De: darkgamble@anonmail.com
Para: Diretor Kenneth Moore

Eu sei o que você fez. Você devia me ajudar, mas decidiu me dar as costas. Não ache que eu vou esquecer disso. Seu tempo está acabando.

De: darkgamble@anonmail.com
Para: Diretor Kenneth Moore

Você ignorou minha última mensagem, então vou ser mais simples. Se você não arrumar as coisas, a vingança vai vir a galope. Você acha que é imune às consequências? Você acha que isso acontece só para as outras pessoas? Você está errado. Eu sei o que você fez, e você merece o que vai receber. EU PROMETO.

CAPÍTULO DEZOITO

Conspiradores

Trey

— Droga, isso é sério — diz a garota que está com Ramón.

Gosto de como ela franziu a testa, não porque ela está nervosa, mas porque está pensando. Eu também faço isso. E minha mãe, também. Aposto que ela está sentada no banco do parque fazendo isso agora mesmo, se perguntando se isso foi uma boa ideia, assim como eu estou.

— Como é seu nome mesmo? — pergunto pra ela.

— Magda. — Ela sorri pra mim. Mas antes que eu possa dizer qualquer coisa, Ramón se intromete.

— Qualquer um pode ter mandado esses e-mails.

— Qualquer um que estude no mesmo lugar que a gente, não é? Olha só como a pessoa escreveu "eu prometo" no final — diz J.B.

— A pessoa não precisa *estudar* na escola. Ela pode trabalhar lá. Ou ter um filho lá. Deve ter muita gente que não gostava do diretor — pondera Ramón.

— Você está pensando no Stanley Ennis? Keyana e eu conseguimos o registro de visitantes da escola e ele foi a última pessoa sair do escritório do Moore no dia do assassinato — diz J.B.

— Pode crer. Não conheço ele muito bem, mas sei que foi ele que conseguiu o novo uniforme do time de basquete — complementa Luis.

— J.B. disse que ele e o diretor Moore discutiam muito? — pergunta Keyana ao ler as anotações no telefone.

Conheço Ennis. Ele me recrutou para o time de basquete. Ele até deu um bom dinheiro ao tio T por isso. Ele definitivamente é um cara interessante, sempre ostentando o dinheiro que tem. Não o vejo como assassino, mas agora, não dá para descartar ninguém. Nem mesmo esses garotos que estão no parque comigo.

— É, conheço ele. Ele e o diretor Moore brigaram num dia de treinamento, no vestiário. "Pela quantidade de dinheiro que eu trago pra escola, você tem que fazer o que eu estou falando." Vocês podem imaginar o que o diretor respondeu. E, sendo sincero, dane-se o Moore, mas aquele dia eu estava torcendo por ele, porque esse Ennis é muito idiota. O tipo de cara que quer colocar o próprio nome na parede ou em um banco.

Luis continuou:

— Eu lembro disso. Foi, tipo, um mês atrás. O treinador teve que pedir para eles saírem de lá. Ennis estava agindo como se fosse dono do lugar.

— Ele meio que é. Aquela coisa toda do Fundo Promise? A gente achou um artigo que fala como ele consegue tanto dinheiro para a escola. Quando começa a mexer com dinheiro, a coisa fica complicada — diz J.B.

Acho que nunca ouvi J.B. falar tanto. Nem Ramón. É assim que aquela escola funciona: você convive com estranhos. Até que eu consiga conhecer todos melhor, não posso confiar em ninguém. Eles podem estar juntos nessa parada.

Luis continua:

— Droga, lembrei de outra coisa. Mais tarde naquele dia, quando eu estava com Omar. Ennis estava no corredor, falando no telefone, e ficou quieto quando viu a gente. Mas antes disso, ouvi ele dizer: "Não vou dar mais nem um centavo para ele se não tiver alguma resposta."

— Ennis pode estar falando que não vai dar mais dinheiro para a Promise, e isso me parece um motivo pro *Moore* matar o *Ennis*, e não o contrário — diz Ramón.

— Espera, quem é Omar mesmo? — pergunta Keyana, olhando de mim para J.B.

— Ah, ele trabalha na secretaria. Ennis já usou ele pra filmar um videozinho uma vez. Ele é bem quieto, não fala com ninguém — responde Luis.

— A não ser com você, pelo que parece — diz Magda, com um sorriso. Ela é rápida.

— A gente só conversou aquele dia porque eu queria ter certeza de que ele tinha filmado minha jogada. Você sabe que eu mando bem — responde Luis.

— Galera, foco aqui. A gente ouviu mais coisas sobre Omar. Parece que ele foi a última pessoa a ver Moore vivo — diz Keyana.

— Omar? Sem chance — zomba Luis.

— A gente só não sabe qual motivo ele poderia ter — continua Keyana, séria.

— Já vi esse cara e não acho que foi ele. Mas se mais alguém está investigando ele, cara, a gente precisa fazer o mesmo.

— Verdade. Mas e um cara tipo o Hicks? Ele achou o corpo, não foi? Ou mesmo... — diz J.B.

— A sra. Hall — falo antes que consiga pensar no que estou dizendo. Por mais que eu me sinta um merda por pensar que ela pode ter feito isso, não posso negar que ela está agindo de um jeito suspeito.

J.B. e Ramón olham pra mim, confusos.

— Vi uma foto dela nas redes sociais, bebendo vinho. Acho que ela mentiu sobre a gravidez.

J.B. arregala os olhos e diz:

— E... eu a encontrei no Mariano's depois da aula no dia anterior ao do assassinato, comprando vinho.

— Por que ela mentiria sobre estar grávida? — diz Ramón, surpreso.

— Não sei. Mas quando a vi no Mariano's, ela me disse que tinha uma reunião com o diretor naquele dia — fala J.B.

— Não só isso, mas ela voltou na Promise no dia seguinte. O nome dela também estava no registro de visitantes. Mas o registro diz que ela foi embora uma hora antes do jogo — diz Keyana.

— Não conheço ela. Mas se ela tinha alguma coisa contra o diretor e queria matar ele, seria inteligente da parte dela ser vista saindo da escola antes que o assassinato acontecesse, então ela não seria suspeita — diz Magda.

Balanço a cabeça. Não quero acreditar nisso. Mas continuo lembrando de quando a vi com o investigador Bo. Não sei se devo contar aos outros o que eu vi. Ainda mais que eles podem estar envolvidos de alguma forma. Mas se eles não estiverem envolvidos em nada, saber que a sra. Hall tem algo com o investigador Bo pode ser uma informação valiosa. Isso é tudo tão confuso.

— Tem mais uma coisa — digo, odiando o fato de estarmos considerando a sra. Hall como suspeita. — Eu... Hã... Presenciei uma discussão dela com o investigador Bo. E ela... Ela beijou ele. Tenho quase certeza que ele é marido dela.

— Ela é casada com um *policial*? — pergunta Ramón.

— Sem chance. E não é qualquer policial, é o policial responsável por esse caso? Que droga — reclama J.B., balançando a cabeça.

— Ou pelo menos ele é namorado dela — finalizo.

Magda suspira e diz:

— ¡Qué barbaridad!

— Eu sei, eu vi os dois, os ouvi conversando. Ela estava perguntando sobre os suspeitos. E se ela estivesse tentando descobrir o que eles sabem sobre ela, alguma coisa assim?

— Isso seria uma reviravolta — murmura J.B. — Um dos e-mails dizia, *você devia me ajudar*. Isso pode ser da sra. Hall, sendo sincero. Tipo, se não é um de nós, um aluno, então parece mesmo um professor.

— Droga. Pior que faz sentido — diz Ramón, concordando com a cabeça, tentando pensar em tudo.

Ficamos sentados em silêncio, até que finalmente me lembro do outro nome na minha mente.

— Ah! Escutei mais uma coisa que o investigador disse. Um cara no refeitório da escola tem ficha criminal. Nico Martinez.

Assim que eu digo o nome de Nico, vejo que Ramón olha para o chão. Meu tio estava sempre prestando atenção na minha linguagem corporal e usando isso contra mim. Não tenho certeza do que olhar de Ramón para o chão significa, mas presto atenção de qualquer maneira.

— Esse tal de Nico tem algum motivo? — pergunta Keyana.

— Não que eu saiba, mas a gente precisa investigar.

— Eu posso fazer isso! Acho que sei de quem vocês estão falando. Já o vi por aí — diz Ramón.

— Boa, estamos com alguns suspeitos, precisamos recapitular. Quem vamos investigar mesmo?

Keyana olha as anotações no celular.

— Bem, a sra. Hall ainda está na lista — diz ela, como se pedisse desculpas. — Tipo, seria ridículo uma esposa de policial cometer assassinato, mas talvez ela tenha descoberto um jeito de encobrir isso? Não seria o primeiro policial corrupto da história.

— Ela não mora longe de mim. Eu posso ver o que eu consigo descobrir — digo.

— Não sei onde o Omar mora, mas vamos começar com ele — diz J.B., olhando para a namorada.

— Boa, e Ennis ainda é suspeito, ainda que não tanto. Ele doou muito dinheiro, e vocês sabem como as pessoas são com dinheiro. Vamos começar com a sra. Hall, Omar e Nico e deixar os outros como reserva — diz Keyana.

— Acho bom — diz Ramón.

— Eu também — concorda J.B.

Os dois me olham, esperando que eu concorde, mas bem lá no fundo, não sei se posso confiar neles.

— Beleza — respondo.

Nós ficamos lá, parados e em silêncio por algum tempo, pensando no que fazer depois.

— Enquanto isso, está tudo normal lá na escola. Eles acabam com a nossa vida e não tão nem aí — diz J.B., bem baixinho, depois de um tempo.

É verdade. Eu concordo com a cabeça.

— Espero que quem colocarem para substituir Moore seja melhor.

— Tenho certeza que vai ser o Hicks — diz Ramón.

— Não importa quem eles coloquem naquela posição, eles sempre vão questionar nosso caráter. *Young and Black? They hate us in America*[1] — diz J.B. E eu sei pelo jeito que ele está falando, que é como se ele estivesse citando uma música.

— Cordae? — digo. Ele me encara e confirma. Isso faz com que eu goste mais dele.

— Essa bagunça só piora — suspira Magda.

Dou uma olhada e vejo pupusas na bolsa de Ramón, meu estômago começa a roncar.

— Ei, Ramón, se importa se eu pegar uma? — falo, baixinho.

Ramón, olha direto para a bolsa dele, depois pra mim.

— À vontade.

Ele pega uma pupusa e joga para a minha direção. Ele percebe que todo mundo está encarando ele.

— Tudo bem, vamos lá, todo mundo pode pegar.

Todo mundo corre para pegar uma pupusa da bolsa do Ramón e todos ficamos lá, comendo em silêncio, nos preparando mentalmente para a próxima parte da nossa missão.

---

[1] Tradução: "Jovem e negro? Eles odeiam a gente aqui nos Estados Unidos."

Nota da Escola Preparatória Urban Promise para a imprensa, entrega imediata.

Wilson Hicks é nomeado diretor interino

Washington, capital — A comunidade da Escola Preparatória Urban Promise se reuniu para honrar a memória do audacioso fundador e líder, Kenneth Moore, e para anunciar seu compromisso em continuar formando homens para o futuro como era desejo do diretor.

Até que seja decidido um substituto permanente, o supervisor Wilson Hicks foi nomeado diretor interino e passa a assumir o novo cargo com a solenidade que seu predecessor teria esperado e desejado. Hicks encomendou um retrato de Moore para que seja pendurado na entrada da escola para comemorar a vida deste poderoso líder.

"Nós prometemos. Nós somos os jovens da Escola Preparatória Urban Promise. Nós estamos destinados à grandeza. Nós vamos para a faculdade. Nós vamos ser bem-sucedidos. Nós somos extraordinários porque trabalhamos duro. Nós somos respeitosos, dedicados, comprometidos e focados. Nós tomamos conta dos nossos irmãos. Nós nos responsabilizamos pelo nosso futuro. Nós somos o futuro. Nós prometemos."

PARTE CINCO

A verdade

CAPÍTULO DEZENOVE

Entrar

J.B.

Comer a pupusa feita pelo Ramón me inspira a tentar fazer o jantar para minha mãe. Eu nunca cozinhei, só esquentei sobras da geladeira, mas existe algo de especial na comida feita na hora. Então escolho a coisa mais simples que consigo pensar: comida de café da manhã. E quando ela chega em casa e vê que eu fiz pão com ovo, o sorriso dela é tão grande, e ela fica tão surpresa que faz tudo valer a pena, até lavar a louça suja de ovo.

— Você até arrumou as frutas bonitinho — diz ela quando senta para comer.

— Eu sei.

— Qual é a ocasião?

— Nada demais. Só estou feliz que você voltou.

Me sinto culpado por ter ido no parque hoje, sem contar a ela. Mas ela já tem muita coisa na cabeça, e está trabalhando demais só pela possibilidade de a gente precisar de um advogado. Mas não é por isso que eu cozinho para ela, não é porque eu me sinto culpado. Só quero que ela saiba o quão grato eu me sinto.

— Isso está muito bom, J.B. — diz ela.

— Você parece bem surpresa!

Nós dois rimos e comemos, mas não conversamos muito. É difícil escolher alguma coisa para conversar quando você está rodeado pelo medo.

Depois de um longo silêncio, minha mãe finalmente fala.

— Posso perguntar uma coisa?

— Sim, senhora.

— O que você lembra... daquele dia? Alguma coisa importante? — pergunta ela, olhando para o prato.

Conheço minha mãe. Ela não quer me olhar nos olhos para que eu não perceba o quão desesperada ela está. Ela está procurando qualquer coisa para se agarrar, alguma prova que garanta que o bebê dela vai continuar sendo o bebê dela e não vai se transformar em um homem atrás das grades.

Engulo em seco. Eu consigo lidar com tudo isso quando estou pensando só em mim. Mas quando penso nela, é aí que as coisas ficam difíceis.

Do que eu *lembro*?

Conto a ela o máximo que eu posso deixando de fora coisas que eu sei que vão magoá-la. Quando chego na parte que estou na detenção, percebo quantas coisas tive que deixar de dizer. Conto que estávamos eu e mais dois caras na detenção, e que eu não sabia nada deles, a não ser o nome. Mas eu *não* conto sobre hoje no parque, e que agora nos conhecemos muito melhor. Conto que Trey saiu da sala para ir ao banheiro e como o sr. Reggie saiu atrás dele, e que Ramón saiu logo depois para fazer uma ligação. E aí, conto a ela, foi quando *aconteceu*.

O tiro. Todo mundo saindo para o corredor como formigas, inclusive eu.

Ela suspira como se não estivesse esperando essa parte da história. Mas nós dois sabemos que esse é o único final possível. Fatos são fatos.

— Então, qualquer um de vocês pode ter feito isso — conclui ela.

Dou de ombros. *Mas eles dizem que não foram eles.*

— Você se lembra de mais alguma coisa daquele dia? Qualquer coisa?

— Não — respondo. Não menciono a arma que encontrei. — Foi um dia normal. Era dia de jogo, então as pessoas estavam filmando e coisas do tipo. Tinham outras pessoas como voluntários e doadores que estavam decorando o espaço...

Me perco em pensamentos. Lembro das pessoas colocando as decorações. Tintas, enfeites e tudo. Reconheço alguns deles vagamente, pais de alguns alunos, professores, estudantes, até Omar, o cara da secretaria. Omar. O rosto dele se destaca na multidão agora que Trey me contou o que Solomon viu: Omar saindo do escritório do diretor.

— O que foi? — pergunta a minha mãe. Ela deve ter reparado em alguma expressão minha.

— Só estou pensando em uma pessoa.

— Quem?

— Keyana é uma ótima advogada-detetive. Ela está me ajudando a tentar limpar meu nome — explico. Não conto que ela é minha namorada.

— E como isso tudo está acontecendo, se você não está com o seu telefone? — diz ela, levantando as sobrancelhas mais alto que a Lua.

— É...

— Quer saber, é melhor não me falar. Mas eu vou dizer uma coisa: Fique longe de problemas, entendeu? Você tem que fazer tudo muito certinho. Qualquer passo errado pode colocar você na cadeia.

Concordo com a cabeça, sem dizer nada, pensando, sentindo o suor escorrer pelas minhas costas. Não posso falar para minha mãe que estou pensando em entrar na escola escondido mais tarde. Voltar na cena do assassinato em busca do que pode ser a arma do crime.

Sei que é um risco enorme. Mas preciso fazer alguma coisa.

O ar frio bate no meu rosto. Sempre amei as noites dessa cidade, principalmente quando o tempo está assim, na temperatura certa. Tudo está bem silencioso. Tirando o barulho de sirenes, que nem escuto mais. Acho que me acostumei com o som.

Um carro de polícia passa rápido do meu lado e meu coração dispara. É horrível que não exista ninguém aqui para proteger a gente, só para nos policiar. Penso no meu pai. No quão decepcionado ele ficaria se eu acabasse na prisão junto com ele. Não comigo, mas com si próprio.

Me esforço para não pensar nisso. Não tem chance de eu ir para a prisão por um crime que eu não cometi. Chuto uma pedra na rua para aliviar a tensão. Normalmente eu escutaria uma música, escreveria umas letras. Ou até poesia. Mas sem meu telefone, não tenho nada para acalmar minha mente. Então tento pensar o que seria minha vida do outro lado dessa bagunça.

Keyana me encontra atrás da escola com um casaco de capuz escuro e uma touca preta.

— Por que você está vestida como um ladrãozinho? — pergunto. Não consigo evitar o sorrisinho.

— É uma escola masculina. Não posso andar por aí como garota.

Odeio ser o portador de más notícias, mas esse casaco não faz ela parecer um cara. Olhando esse corpo de violão, não acho que alguma coisa faria. Mas eu me viro e guardo o pensamento para mim.

— Se pegarem a gente, não vai importar se você é menino ou menina. Estamos ferrados. Tem certeza que quer fazer isso? Eu posso ir sozinho. Na verdade, acho que eu deveria ir sozinho. Não quero você ainda mais envolvida nisso.

Keyana pensa por um momento. É a primeira vez que a vejo insegura por alguma coisa. Ela olha nos meus olhos.

— Estou com você, J.B. — diz ela.

Sem pensar, dou um abraço nela, ela retribui me abraçando apertado. É muito bom ter alguém em quem confiar.

— Como a gente vai entrar? — pergunta ela, baixinho.

— Vem comigo. Mas a gente tem que tomar muito cuidado. E coloca isso, não podemos deixar impressões digitais — digo, entregando luvas para ela.

Andamos mais um pouco até o lugar onde tem uma porta quebrada. Mas, para minha surpresa, colocaram uma corrente.

— Merda.

Eu devia ter imaginado que eles iam descobrir essa porta mais cedo ou mais tarde.

— E agora?

Dou uma olhada na fechadura e digo:

— Por acaso você não teria grampos de cabelo, né?

— Quantos você precisa?

— Dois.

Ela mexe no cabelo embaixo da touca e pega exatamente o que eu preciso.

— Assim?

— Perfeito.

Abro um dos grampos e começo a trabalhar na fechadura. Aprendi isso quando arrombava armários na piscina.

Depois de um tempo, consigo abrir. Olho para Keyana e ela balança a cabeça.

— Nem quero saber — diz ela.

Olho para trás e abro a porta, eu e Keyana entramos na escola e depois fechamos a porta.

Lá dentro, a escola está escura e silenciosa. Pego uma lanterna para iluminar. Não voltei na escola desde o assassinato e estar aqui agora me deixa bastante assustado. Ainda mais que a lanterna só ilumina o que está bem na nossa frente. Nossos passos parecem cada vez fazer mais barulho, ecoando nas paredes vazias.

— O que estamos procurando exatamente? — pergunta Keyana.

— 303 — digo.

— Hã?

— Desculpa. O armário 303. Luis mandou mensagem dizendo que é o do Omar.

— Ah.

Enquanto andamos em direção à escada, passamos pelo banheiro onde encontrei a arma. Alguém realmente usou ela para cometer assassinato? Ou se eu for lá agora, ela vai estar onde eu deixei? Intocada?

Decido que preciso descobrir. Pode ser que eu não tenha outra chance.

— Lembra da arma que eu falei? — sussurro.

— Lembro.

— Eu a encontrei nesse banheiro. Sinto muito, mas preciso descobrir — digo, olhando para Keyana.

Ela concorda com a cabeça.

Vou andando e entro no banheiro devagar, com cuidado pra não fazer nenhum barulho.

Lá de dentro, a escola parece exatamente igual. Igual aquele dia, quando a minha vida foi de ruim para pior. O banheiro está em silêncio, intocado. Vou para a mesma baia e bem devagar, subo no mesmo vaso, chegando ao mesmo forro. Uma das placas está torta. Eu coloquei tudo no lugar, não foi? Sei que fiz isso.

Com as mãos tremendo, tiro a placa. Coloco a mão lá dentro. Nada. Eu empurrei a arma tão para dentro? Coloco a lanterna lá em cima e fico na ponta dos dedos no vaso sanitário.

Não tem nada lá... nada. Meu maior medo se tornou realidade. Saio correndo do banheiro para encontrar Keyana.

— A arma sumiu. Alguém pegou! Com certeza foi a arma que usaram para matar o diretor. E eu podia ter acabado com tudo isso, se tivesse dito alguma coisa.

Fico lá parado, impressionando. Eu poderia ter evitado a morte do diretor Moore. Foi muito idiota em pensar que era só esconder a arma, e tudo estaria bem. Deslizo pela parede, enfiando o rosto nas mãos.

— Merda. Não consigo acreditar nisso.

Keyana coloca a mão nos meus ombros e diz:

— Tudo bem. Talvez o assassino não tenha encontrado, talvez tenha sido a polícia.

— Isso não ajuda. Minhas digitais estão naquela arma!

— Eu sei, mas se não for a arma do crime, tenho certeza que eles vão saber, não é? Com aquela coisa de balística e tudo mais?

Ela tem um bom ponto. Mas ainda assim, tenho minhas dúvidas. Sendo ou não a arma do crime, minhas digitais nela não parece uma coisa boa.

— A verdade é que a gente não pode parar aqui. Temos que continuar procurando.

Ela tem razão de novo, então paro de sentir pena de mim mesmo.

— Você está certa. Vamos nessa.

Quando chegamos no armário de Omar, sei o que preciso fazer. Abri meu próprio armário assim um milhão de vezes, e o de Omar é a mesma coisa. Pego a caneta do meu bolso e coloco na fechadura. Giro no sentido anti-horário, três vezes. Quando o armário destrava, Keyana me olha.

— Não é o que você está pensando — pergunto.

Ela levanta a sobrancelha e morde os lábios, tento não rir. Em vez disso, me viro para o armário e o ilumino com a lanterna.

— Que bagunça — susurra ela.

E é mesmo. Papéis por todo o lado, fotos e artigos em pilhas que podem cair a qualquer minuto.

— Temos que ser rápidos — digo. Olho para o corredor, como se alguém pudesse aparecer a qualquer instante.

Pego um monte de pastas enquanto tento evitar que o restante caia. Keyana me ajuda pegando o material escolar que cai enquanto tento olhar os papéis.

Uma das pilhas cai no chão, fazendo barulho. Nós dois ficamos parados e eu desligo a lanterna.

— Ouviu alguma coisa? — sussurro.

— Só você.

Depois de confirmarmos que estamos sozinhos, ligo a lanterna de novo.

— O que é isso? — pergunta Keyana.

Eu me abaixo para pegar o que quer que tenha caído e congelo de horror.

São dezenas de fotos estranhas do diretor Moore nos corredores, do lado de fora escola e até na casa dele.

— Okayyyy. Isso não é nada assustador — diz Keyana.

— Por que diabos ele teria essas fotos de Moore no armário?

Keyana e eu olhamos uma para a outro, ambos pensando a mesma coisa.

— O que mais tem aí? Talvez alguma forte evidência de seu envolvimento com o assassinato? Talvez até uma arma?

Olho para Keyana quando ela diz a palavra *arma*.

— O que? Só estou dizendo. Se tivermos sorte.

Balanço a cabeça e continuo olhando as pilhas de papel até que algo me chama a atenção.

— O que? O que é?

— Olhe — digo, virando o documento pra ela.

— É do Moore — diz ela, surpresa. — *Seu pedido para o fundo foi negado. Usar esse dinheiro para materiais fotográficos seria inapropriado, já que ele existe para projetos de inscrição em faculdades, e não deve ser usado para projetos pessoais.*

— Então Omar pediu dinheiro do fundo e Moore disse não.

Keyana olha para mim com uma cara séria.

— Eu me pergunto o que Omar estava fazendo no escritório de Moore naquele dia. Você acha...

Só então ouvimos uma porta fechar. Olhamos para o lado e vemos um feixe de luz vindo da esquina.

— Ah, merda, eles devem ter segurança aqui. Rápido, vamos nos esconder!

Puxo Keyana para um canto perto da sala de música. Tento abrir a porta, mas está trancada. Nós nos apertamos ainda mais. Tão perto que consigo sentir o corpo dela no meu. Por mais juntos que estejamos, tento me concentrar em não fazer barulho.

O feixe de luz se aproxima de nós, e agora consigo ouvir o solado duro de sapatos se aproximando. Olho Keyana e sei que ela está com medo. Ela tem muito mais a perder do que eu.

— Tive uma ideia, confie em mim.

Enfio a mão no bolso e tiro uma moeda.

— Espera...

Antes que ela termine, jogo a moeda o mais longe que posso no corredor e puxo ela para o chão comigo.

Assim que a moeda cai com um *ping*, vejo a lanterna do guarda girar naquela direção. Espero que ele morda a isca e comece a ir pra lá. Mas então o guarda para de se mover. Fica parado como se estivesse procurando por algo. Ou *alguém*.

Por um segundo, tudo em que consigo pensar é que vou ser pego. Vou parecer culpado enquanto tudo o que eu estava fazendo era tentar provar minha inocência.

Bem quando estou pensando em pegar Keyana e correr, o guarda começa a se mover novamente. Seus passos aceleram quando ele passa por nós.

— Ele foi embora — sussurro o mais baixo que posso. — Pegue as pastas e vamos dar o fora daqui.

Pegamos o que conseguimos do armário de Omar antes de fugirmos. Está começando a parecer que temos um suspeito principal.

CAPÍTULO VINTE

A conversa

Trey

Nico Martinez.

Digito o nome para ver o que consigo encontrar.

Depois de ver a sra. Hall com o investigador Bo, achei que seria arriscado continuar a seguir os passos dela. Preciso pensar em outro jeito de conseguir a informação. Mas enquanto isso, um dos outros nomes me chamou atenção. Nico.

Conheço todos os outros suspeitos, menos Nico, então achei melhor me familiarizar. Alguns perfis aparecem na minha tela, mas nenhum é o Nico que estou procurando. Clico em mais algumas páginas, mas não parece estar adiantando. Vou para a parte de "imagens" e rolo a tela até encontrar um rosto familiar. Clique na imagem para ficar maior. É o Nico.

Mas não é o Nico que estou acostumado a ver. Esse cara tem os olhos duros e a cabeça raspada, expondo a tatuagem de caveira na cabeça. É a imagem de um caso judicial.

— Nico Martinez foi condenado por tentativa de homicídio relacionado a sua filiação à gangue Dioses del Humo — sussurro.

Não acredito! Nico faz parte da Dioses del Humo?!

Uma onda de raiva toma conta de mim. Ramón conhecia o Nico. Agora o desconforto de Ramón faz sentido. Ele olhou para baixo quando a gente disse o nome de Nico, como se estivesse escondendo alguma coisa. Por que ele esconderia alguma coisa a não ser que estivesse envolvido nisso de alguma forma?

Escuto os passos lá embaixo, meu tio está no hall, por isso fecho o laptop e faço de conta que estou dormindo. Prefiro não ter que lidar com isso se eu puder.

— Trey, está vestido?

Estou chocado. Meu tio nunca me perguntou nada desse tipo. Ele normalmente só vai entrando quando quer. Estou tão impressionado que esqueço de fingir que estou dormindo.

— Estou — respondo da cama.

Meu tio entra e senta aos pés da cama. Ele parece mais cansado que o normal.

— Trey, acabei de receber uma ligação e acho que chegou a hora de a gente conversar.

Meu coração dispara.

— Qual ligação? — pergunto.

— A polícia disse que identificou a arma que foi usada para matar o diretor da sua escola. Eles olharam algumas das armas registradas com esse endereço e encontram a minha, e aparentemente é o mesmo modelo da arma usada no crime.

Não consigo nem olhar para o meu tio. Só começo a chorar, do nada.

Sinceramente, a sensação é boa. Uma catarse. Nem tinha percebido que o segredo estava pesando nos meus ombros. Meu maior medo se tornou realidade. Em algum grau, sou responsável pela morte do diretor Moore.

Tento me consolar com a ideia de que quem quer que tenha matado Moore, teria feito isso mesmo sem a arma do meu tio. Mas eu definitivamente ajudei.

A calma do meu tio me apavora enquanto ele me observa chorar. Parece que a qualquer momento ele pode decidir virar e me estrangular.

Acabar com o meu sofrimento.

— Eu disse para a polícia que procurei minha arma e não achei. Também falei que pode ter sido roubada, já que faz tempo que eu não uso. Óbvio que isso não vai adiantar por muito tempo. As coisas estão complicadas — diz ele.

Não consigo olhar para o rosto dele.

— Você mora aqui, o diretor da sua escola foi morto, minha arma sumiu. Olha pra mim, Trey.

No tom de voz dele, percebo uma coisa que não tinha notado antes, preocupação. Ou talvez medo. Olho pra ele.

— Onde está a arma, Trey?

— Eu não sei. Naquele dia peguei sua bolsa por engano.

— Por que você não voltou pra casa?

— Não queria me atrasar pra aula... eu ia ficar no banco de reservas no jogo.

— Por que você não me ligou?

— Achei que você ia ficar com raiva de mim. Então eu escondi a arma para caso eles fizessem uma batida nos armários. Mas quando voltei pra buscar, ela tinha sumido.

Meu tio olha para longe. Por um longo tempo. Talvez ele estivesse pensando no que dizer, ou escondendo o rosto de vergonha. Não sei dizer.

— Sinto muito, Trey — diz ele, por fim encontrando a voz de novo. — Eu... Eu acho que falhei com você se você achou que não podia me procurar com um problema. Só queria que você fosse uma pessoa ótima. Maravilhosa. Você não tem tempo, Trey. Não tem tempo para ser um desmiolado. E eu tenho forçado você a ser homem do único jeito que eu conheço. Do jeito que o meu pai me mostrou. Mas talvez eu tenha errado. E talvez isso te custe a sua vida. Sinto muito. Vou pensar em alguma coisa.

Ele levanta e vai embora, fechando a porta saião sair. Enxugo as lágrimas do meu rosto.

Penso no treinador gritando, *Presta atenção no jogo, Jackson!* Será que vou jogar de novo? Penso no que aquele babaca do Solomon disse na internet, a piada sobre jogos de basquete na prisão. É esse o meu futuro? Ser jogado lá como tantas outras pessoas? Pelo resto da vida? Todo meu futuro?

Então eles descobriram que a bala do assassinato vem do mesmo tipo de arma que eu levei pra escola aquele dia. Mas eles não acharam a arma. Ainda. Acho que sei onde ela pode estar.

CAPÍTULO VINTE E UM

Nico

Ramón

A morte parece uma coisa distante até acontecer bem na sua frente.

As pessoas acham que porque você cresceu em território de gangues, você é insensível a coisas como o que aconteceu com o diretor Moore. Isso não é verdade. Desde que aconteceu, sinto que meu corpo está cheio de água de enchente. Aprendi quando era pequeno a nunca andar por oceanos parados: eles estão cheios de sujeira e, às vezes, eletricidade, então se você não tomar cuidado, pode levar um choque.

Não devo sair de casa, mas por dentro não consigo ficar parado. Sei que preciso pesquisar mais sobre Nico, mas estou protelando porque estou com medo do que posso encontrar. E apavorado com o que a Dioses vai fazer comigo se me pegarem em flagrante. Então eu fico na varanda dos fundos, alternando entre sentar e andar.

Acabei de sentar quando meu telefone vibra alto contra o piso da varanda.

Keyana mandou mensagem no grupo.

Precisamos achar a arma do crime. A única forma de provar quem fez isso é com a arma, certo? Vai ter as digitais do assassino. Isso explicaria tudo.

Tento engolir a raiva. Respondo logo:

Você fala como se fosse fácil. Não é fácil.

Ninguém responde, não importa quanto tempo eu continue olhando para a tela. Deixo o celular na varanda, frustrado. Penso em Ever e no encontro dele com Nico na rua Bosetti. Talvez seja fácil. Hora de parar de enrolar.

Levanto rápido, toda a água de enchente que está no meu corpo leva uma carga de eletricidade.

— ¿Podría ser?

Respiro e olho para o relógio. Tenho muito tempo antes que minha abuela volte pra casa. Qual era o nome daquele restaurante onde vi Nico? Procuro o endereço na internet, rua Bosetti 314, e vejo o nome, El Rincón.

Ligo para lá e depois de alguns toques uma voz suave atende.

— Olá e obrigado por ligar para El Rincón. Aqui é Anabel, como posso ajudá-lo?

Engrosso minha voz para tentar parecer mais velho.

— O Nico está aí hoje? Preciso deixar uma encomenda para ele.

— Sim, eu acho que ele ainda está aqui. Eu sei que o turno dele termina em breve. Você quer falar com ele?

Imediatamente desligo o telefone. Pode ser ele.

Já estou calçado e com o celular na mão. Pego meu canivete, só por precaução, e saio correndo pela porta da frente, esperando que de alguma maneira Nico me leve até a arma do crime.

A noite está mais silenciosa que o normal. Decido seguir Nico até a casa dele, para descobrir onde ele mora. Para depois ir lá na casa tentar apurar alguma coisa. Se eu achar a arma, é isso, estarei livre. Se não, talvez ache alguma outra coisa que possa me dar uma pista sobre o assassinato.

O restaurante fica perto o suficiente para ir andando, e aproveito para respirar ar fresco. Quando me aproximo do restaurante, vejo ele.

Nico Martinez, saindo com seu uniforme de cozinha, avental jogado sobre o ombro depois de um longo dia de trabalho.

Por um momento, começo a me sentir mal pelo cara. Ele trabalha na Promise e depois vem trabalhar em outro lugar? Parece minha abuela, sempre trabalhando. As pessoas precisam se virar.

Nico desce a rua e eu faço o mesmo, tentando manter uma distância segura, mesmo que esteja escuro e eu saiba que ele não vai me notar.

Ele passa reto por um ponto de ônibus, e isso me faz pensar que ele mora perto. Melhor ainda. Em seguida, ele vira à direita em um beco.

Não é o lugar mais seguro para seguir alguém que você acha que é um assassino, mas que escolha eu tenho? Se a gente não resolver esse caso logo, eles provavelmente vão colocar a culpa em nós três.

Entro no beco e paro no meio do caminho. Nico não está lá.

Aperto os olhos, olhando pela névoa leve, mas não há sinal de Nico.

— Impossível — sussurro pra mim mesmo.

Ando devagar pelo beco, olhando para o prédio ao redor. Tudo escuro e vazio, sem sinal de vida, muito menos Nico.

Estou no meio do beco quando penso que Nico me despistou de propósito. Mas por quê? O que ele está escondendo?

O pavor desliza pela minha coluna, e se ele viu meu rosto?

Começo a me virar para correr de volta pelo caminho que vim quando de repente sou empurrado com força para trás e jogado no chão. Caio fazendo barulho e puxo o canivete para me defender do assaltante.

Mas antes que eu consiga levantar, o cano frio de uma pistola pressiona a parte de trás da minha cabeça.

— Porra, você está me seguindo!

Não é um assaltante. É um assassino. É Nico.

— Não, por favor, me desculpe!

Estou chocado que ele me pegou tão rápido. Mas as ruas fazem você ficar esperto com os arredores. Eu deveria saber que não era páreo para ele.

— Desembucha! — grita ele, pressionando a arma com mais força em minha cabeça.

— Eu... Eu...

Não sei o que dizer. A verdade? Se diz a um possível assassino que você estava seguindo ele? Em um beco escuro onde ninguém pode ouvir você? Eu não tinha muitas opções.

— Nico. É o seu nome, certo? Sr. Martinez?

Fica tudo em silêncio por um momento. De repente eu sinto a arma se afastar e vejo uma mão estendida. Eu agarro, e Nico me ajuda a ficar de pé.

Espero ver a arma apontada pra mim. Mas espera... ele não tem nenhuma arma. Ele só enfiou o nó do dedo na minha cabeça.

Nico semicerra os olhos enquanto tenta me ver no escuro.

— Ramón, Ramón, que diabos você está fazendo? Por que você está na rua essa hora da noite? Por que você está me seguindo?

Me afasto devagar, tentando ganhar algum espaço.

— Eu... Eu sinto muito. Só queria conversar.

— Sobre o quê? — Nico olha em volta como se eu estivesse armando para ele. Sei que ele está puto.

Nunca pensei nisso, mas, se Nico não for o assassino, ele provavelmente suspeita de mim tanto quanto eu suspeito dele.

— Eu não sabia que você era da Dioses.

— Isso já faz tempo.

— Você já cumpriu pena?

— Já, e daí?

Não posso perguntar se ele é um assassino, então procuro uma maneira de descobrir mais.

— É só que eu vi você com o Ever mais cedo.

— O que?

— Ever. Ele te deu um pacote. Parecia dinheiro.

— Há quanto tempo você está me seguindo, garoto?

— Só aquela hora... e agora.

— Pra que?

— Bem... Quero dizer, você é da Dioses. Moore fez meu primo César ser preso e a Dioses queria vingança. Então eu pensei...

Nico suspira e balança a cabeça como se estivesse decepcionado por ter sido descoberto.

— Você não sabe merda nenhuma, moleque — diz ele, dando um passo em minha direção.

Mantenho minha posição e o encaro nos olhos, esperando que ele diga mais.

— Só porque tenho passagem e era um Dios, você acha que eu matei o Moore?

Lá se vai minha ideia de tentar dar uma enrolada. Confirmo com a cabeça, uma mão fechada no canivete caso algo esteja prestes a acontecer.

Nico esfrega o queixo e solta uma risada antes de continuar.

— Engraçado, o dinheiro que você me viu receber de Ever foi uma entrada pelo El Rincón. Acho que César ouviu que o lugar estava à venda e quis ser rápido para manter tudo entre amigos. Não tinha nada a ver com Moore.

Não consigo acreditar no que estou ouvindo. Agora faz sentido o que o César disse antes de ser preso.

Me sinto triste e orgulhoso ao mesmo tempo.

Orgulhoso do meu primo por considerar seriamente mudar seu estilo de vida. Orgulhoso de mim mesmo por conseguir falar com ele. Mas estou triste por ter que suspeitar dos Dioses. Muitos deles estão tentando encontrar o próprio caminho. Eles não estudaram na Urban Promise.

— Sinto muito, senhor. Eu... Eu não sei o que dizer. Estou perdendo a cabeça, sabe?

Tenho a vontade súbita e estúpida de chorar. Esfrego meu rosto com força pra que isso passe. Por algum motivo, Nico também esfrega os olhos.

— Você tem um advogado? — pergunta ele.

— Tenho, mas é difícil conseguir falar com ele.

Nico apenas balança a cabeça novamente.

— Não deixe que eles peguem você por isso — diz ele, virando-se. — Faça tudo o que puder. E quando merdas como essa acontecem, é sempre melhor começar pelo dinheiro. Siga o dinheiro.

— O que você quer dizer?

— Olha, eu não sei muito. Mas nós, funcionários, conversamos, e não tem nenhuma chance de a escola precisar ficar economizando cada centavo como fica, não com a quantidade de patrocínio e dinheiro de subsídios que chega.

— Você acha que alguém está roubando dinheiro da escola?

— Como eu disse, não sei muito. Mas se fosse eu, eu encontraria uma maneira de descobrir mais.

Com isso, Nico começa a se afastar.

— Obrigado — consigo dizer, mas ele já está perto da entrada do beco.

Ele está quase fora de vista quando eu o chamo e digo:

— Sinto muito.

Ele faz uma pausa, e quase acho que ele vai me ignorar. Mas ele me olha e diz:

— Eu também.

E aí vai embora.

Notícia urgente:

Investigação do assassinato na escola Promise

Durante a investigação, a polícia usou balística para identificar o tipo de arma usada no assassinato. Eles conseguiram concluir que a arma usada corresponde ao calibre da arma do responsável legal de um dos três suspeitos.

Entramos em contato para mais informações sobre essa descoberta, mas a pessoa, que pediu para permanecer anônima, se recusou a responder.

Fique ligado para mais atualizações sobre o caso.

CAPÍTULO VINTE E DOIS

Confusão

Trey

No dia seguinte ao encontro no parque, recebo uma mensagem de Ramón dizendo que ele queria se encontrar de novo, mais tarde naquela noite. Fiquei todo animado. É evidente que eu quero encontrá-lo. Porque agora eu sei que ele estava escondendo alguma coisa naquele dia, e eu com certeza vou descobrir a verdade.

A parte difícil é esperar o meu tio ir dormir. E minha mãe também, porque se ela for junto, não vai ajudar em nada dessa vez. Meu tio nunca foi de ficar acordado até tarde, ele dorme cedo, levanta cedo. Coisa de militar. Mas esperar ele ir dormir é como esperar a água ferver.

Enquanto isso, sou eu que estou fervendo. Estava começando a acreditar no Ramón. A pior sensação no mundo é ter sua confiança quebrada. Ainda mais quando você é como eu e não confia em muitas pessoas. Quando Keyana manda mensagem dizendo que ela e J.B. estão indo para o encontro, já estou andando de um lado pro outro no quarto. Mal posso esperar para confrontar Ramón sobre o Nico.

Olho para o relógio, 9h38. As luzes do quarto da minha mãe já estão apagadas. E meu tio normalmente dorme às 9h30 em ponto, então decido sair.

Pulo a janela e sinto o vento frio da noite no meu pescoço. Coloco meu capuz e começo a andar em direção ao lugar onde Ramón quer se encontrar. Ando rápido, mas não muito. Não quero estar exausto quando encontrar Ramón.

Achava que todo mundo ia estar calmo e conversando quando eu chegasse, mas mesmo antes de virar a esquina, já consigo ouvir a gritaria. Está muito escuro para que eu consiga ver o que está acontecendo. Então dou um gás e saio correndo pela rua, pronto para entrar na briga e nesse ponto não sei contra quem.

— O que está acontecendo? — pergunto, quando me junto ao grupo.

Todos ficam parados e me olham.

— A gente é que devia te perguntar isso! — diz Ramón quando percebe que sou eu. Depois, Keyana e J.B. se viram pra mim também.

— Do que você está falando? — grito, pego de surpresa.

— Não se faça de bobo, alguém está mentindo e não sou eu! — grita Ramón.

— Eu também não. Posso apresentar vocês pra minha mãe e vocês vão confirmar que ela nunca teve uma arma — responde J.B.

— Minha abuela também não — diz Ramón.

— Trey? Você viu o que saiu no jornal? — pergunta Magda, mais calma.

Sinto meu coração dar um salto.

J.B. foca aos olhos em mim. Keyana também.

— Não vi nada. O que aconteceu? — respondo logo.

E assim que digo isso, Keyana mostra uma matéria de jornal. Faço de conta que estou lendo, mas sei o que está escrito. Eu e meu tio acabamos de conversar sobre isso, mas eu não imaginava que a notícia ia se espalhar tão rápido.

— Eu... Eu não sei...

— Mentiroso! Foi você quem fez isso, não foi? — Ramón pula na minha direção e J.B. se mete no meio, separando a gente.

Não sei o que dizer. É tanta pressão que eu acho que não consigo mais segurar.

— Foi... Foi sem querer... — falo.

— Foi *você*! — grita Ramón, quase como se ele não acreditasse. — Você matou ele! Você matou o diretor Moore!

— NÃO! Não matei! Não é desse acidente que eu estou falando! *Levar a arma* foi um acidente! Eu não matei ninguém! Eu tentei esconder...

— Esconder *o quê*?

— A arma! — explico como peguei a bolsa do meu tio por engano. — Então, em vez de voltar para casa e ser suspenso do jogo, entrei na escola pelo porão para evitar o detector de metais e escondi a arma no banheiro de lá. Mas quando voltei para buscar, ela não estava mais lá. Alguém pegou.

Ramón está muito pilhado olhando para o rosto dos outros e querendo que eles me ataquem também.

— Essa história é mentira. Ele está mentindo...

— Ele não está mentindo — interrompe J.B. e olha para o chão.

Viro para ele, surpreso.

— Ele não pode ter atirado no diretor com aquela arma. Você escondeu a arma na caixa da descarga, não foi? — J.B. olha diretamente para mim.

Olho para ele sem acreditar e confirmo com a cabeça.

Keyana também olha para ele, sem saber o que dizer.

— É, eu encontrei a arma. E eu achei que alguém ia fazer um tiroteio na escola. Então, escondi no forro, achando que ninguém mais a encontraria. Não tinha como Trey saber onde estava a arma.

Nessa hora, eu quase abracei o J.B.

— Viu só! Quando pedi para ir ao banheiro, na detenção, fui lá pegar a arma para levar de volta para casa. E quando eu voltei, alguém estava atirando.

— Então foi para lá que você foi durante a detenção? — pergunta Ramón. Mas ele se vira para J.B. antes que eu possa responder. — Então, você estava com arma...

Mas agora sou *eu* quem interrompe.

— *Você* não vai acusar ninguém. Pode ir dizendo quem é Nico Martinez.

— Hã? — pergunta Ramón.

— Você ouviu. Pode ir dizendo quem é Nico.

Magda vira pra Ramón.

— Do que ele está falando?

— É, qual é a do Nico? — pergunta J.B.

Ramón suspira. Toda aquela energia diminuindo.

— Nico era um Dios.

A notícia cai como uma bomba no grupo.

— Espera aí! — grita J.B. — O cara com ficha na polícia, o cara que você queria investigar, está na sua gangue?

— E ele foi acusado de tentativa de homicídio — falo.

— Eu não sabia dessa parte — diz Ramón. — E não é minha gangue. O cara está limpo, eu conferi. Ele se endireitou.

— Agora, quem está de sacanagem? — rosno.

— Ramón, você já sabia disso? Quando você disse que iria investigar Nico? — pergunta Keyana.

— Sabia. Mas a única razão pela qual eu não disse nada foi porque eu sabia que isso me faria parecer suspeito. Mas não pode ter sido Nico; na verdade, ele nem estava lá na hora do assassinato. Ele já estava em seu outro trabalho. Eu conferi.

— Você deveria ter dito alguma coisa — sussurra Magda.

— Eu precisava de todas as informações antes para poder explicar! Não é diferente de Trey que não contou sobre a arma. Ou J.B. que também não contou sobre a arma por falar nisso... ainda não sabemos o que ele fez com a arma, ou porque ele tinha sangue na camisa!

De repente, uma voz da escuridão nos paralisa. Demoro um minuto para reconhecer, mas então Unk sai das sombras.

— Vocês precisam usar a cabeça, fedelhos! Achei que aquela escola era para fazer vocês ficarem inteligentes — declara ele.

Estou quase mandando ele cuidar da própria vida, mas J.B. é mais rápido.

— Como assim, Unk?

— Se vocês fossem *espertos* como parecem, perceberiam que alguém está tentando fazer parecer que um de vocês matou o cara. É melhor prestar atenção — diz Unk, bebendo alguma coisa enrolada em um saco de papel. E ele desaparece nas sombras como se nunca tivesse estado ali.

— Ele tem razão. Se não confiarmos uns nos outros, nunca vamos superar essa. Alguém está tentando incriminar a gente, mexendo os pauzinhos. Temos que contar tudo uns pros outros. É o único jeito — diz Keyana.

Ela tem razão. Ficamos todos sentados em silêncio.

J.B. dá um chutinho no chão, como se tivesse mais coisas a dizer.

— Quando fico ansioso, meu nariz sangra. Quando fico nervoso, eu suo muito e às vezes sai sangue do meu nariz. É por isso que minha camiseta estava suja de sangue naquele dia. O tiro foi só um gatilho — diz J.B., baixinho. É a primeira vez que o vejo um pouco inseguro.

— Nossas histórias parecem enrolação. Isso não ajuda nem um pouco — digo.

Todo mundo dá uma risadinha. É uma sensação boa conseguir ser engraçado de novo.

— E eu não sei o que aconteceu com a arma. Assim como o Trey, quando eu voltei para buscar, ela tinha sumido. Eu até conferi quando a gente foi procurar as coisas do Omar — diz J.B.

— Omar? — pergunta Magda.

— É, Omar. Eu e a Keyana fomos na escola vasculhar o armário do Omar. Encontramos algumas coisas bem perturbadoras. E era isso que a gente queria mostrar para vocês hoje, antes de... — J.B. vira pra mim — vocês sabem.

J.B. pega uma pasta e abre. Tem várias anotações sobre o diretor. Lugares onde ele trabalhou, onde ele morou. Tem até fotos dele. Tanto perto da escola quanto fazendo coisas perto de casa.

— Que diabos é isso? — pergunta Ramón antes de mim.

— Isso estava no armário de Omar. Junto com isso. — J.B. entrega um documento a Magda.

— Está dizendo que o financiamento foi negado pelo fundo da Promise.

J.B. assente.

— Mas o estranho é que, mesmo sendo dinheiro para pagar a faculdade de qualquer aluno da Promise que não tenha condições, eu nunca ouvi falar de ninguém que tenha recebido a bolsa. Além disso, Moore sempre expulsa qualquer aluno que não esteja no caminho de conseguir uma bolsa de mérito acadêmico ou necessidades financeiras.

— Se isso for verdade, parece algum tipo de golpe. Onde esse dinheiro vai parar se não para os alunos? — Keyana pergunta.

Foi uma ótima pergunta. Uma que não tínhamos pensado em fazer.

— Nico me disse para seguir o dinheiro — diz Ramón. — Que as coisas simplesmente não fazem sentido, já que a Promise está recebendo muito dinheiro de doadores, mas ninguém sabe onde está sendo usado. — Ele faz uma pausa, como se estivesse tentando pensar em algo. — Imagina só se Ennis descobrisse que o dinheiro que ele estava levando para Promise era apenas uma fraude?

— E se ele estivesse metido nisso?

Todos nós estremecemos ao pensar na conspiração.

— Keyana fez uma ótima pergunta. Para onde vai o dinheiro? Se nós descobrirmos isso, pode ser uma pista. Tem que haver um registro de algo assim — diz J.B.

— E esse tal de Omar? Ele está parecendo cada vez mais suspeito. Ele não só tem essas fotos do Moore, como estava perseguindo o cara, e aparenta ter ficado irritado por não ter conseguido o dinheiro — diz Magda.

— Pensei a mesma coisa. E sei como podemos matar dois coelhos com uma cajadada só — diz J.B.

Olho pra ele e sei que ele está pensando a mesma coisa que eu. A gente precisa falar com o Omar.

Magdalena Peña

É quase como se a pessoa que fez isso soubesse que teriam vários suspeitos para deixar a polícia ocupada. Os assassinos que conseguem se livrar da acusação são sempre espertos? Ou eles só têm sorte?

Depois que saímos do encontro, volto para casa e encontro César assistindo televisão no sofá. A tornozeleira eletrônica ainda está presa nele. Na TV, o jornalista está falando sobre memorial que a Promise está organizando para o diretor Moore. É tudo tão surreal. Fico encarando por um tempo, em silêncio.

— Você não está contente de nunca ter estudado lá? — pergunto, esperando que isso arranque uma risada dele. Fico aliviada quando ele ri. Parece que não escuto esse som há muito, muito tempo.

— Com certeza. Só tem bandido lá — diz ele.

A gente ri mais um pouco, mas ainda assim me sinto triste. Tudo está tão bagunçado. E ainda que eu acredite do fundo do meu coração que o meu primo é inocente (e agora eu sei que J.B. e Trey também são), as coisas só ficaram mais complicadas.

E a não ser que a gente descubra alguma coisa rápido, um deles vai para a cadeia.

Na TV, o jornalista de dentes brilhantes continua falando: "A celebração da vida desse homem incrível vai ser o palco para a primeira exibição de seu retrato, que foi encomendado por seu sucessor, Wilson

Hicks, presidente interino. Ele será o mestre de cerimônias, e líderes da comunidade pedem que nos juntemos a ele em honra ao legado de um dos maiores nomes dessa cidade, Kenneth Moore."

— Quem você acha que é o culpado? — pergunto para César quando o comercial acaba.

Ele fica quieto por tanto tempo que começo a achar que escolheu me ignorar. Mas quando ele fala, dá de ombros, olhando para a tornozeleira eletrônica.

— Esse tipo de assassinato é sobre poder. Quando homens poderosos são mortos, é sempre sobre poder. Um monte de malandro estuda na Promise. Alguém queria que o Moore soubesse que ele não é o rei absoluto.

— Parece que é perigoso estar no trono — respondo.

— É exaustivo.

Ele parece tão cansado. Caminho para mais perto dele e apoio minha mão em seu ombro, como costumava fazer. Meu irmão não se move.

Ninguém

Não posso dizer nada.

Tenho muito a perder.

Às vezes, a única forma de sobreviver é continuar invisível.

Keyana Glenn

Já é meia-noite quando Magda manda mensagem no grupo.

Quem queria provar que Moore não era o rei absoluto?

Respondo:

> Todo mundo tem que prestar atenção hoje, pra encontrarmos a resposta dessa pergunta.

Tenho pesquisado bastante, e se teve algo que aprendi foi: é o dinheiro que move o mundo. E não só o mundo, mas as escolas também. E ainda mais uma escola como a Promise.

Quer dizer, já é bizarro que algumas escolas recebam mais auxílio que outras. E, de algum jeito, as escolas para pessoas como eu sempre acabam recebendo menos. É como todas as outras coisas, e isso faz com que eu queira não só me tornar advogada, mas legisladora de alguma forma.

Mas escolas preparatórias como a Promise são impressionantes, e continuo aprendendo sobre isso enquanto fico na cama olhando o telefone. Diretores como o Moore podem se tornar estrelas da noite para o dia, e é quase como aqueles pastores evangélicos que ficam famosos e saem por aí salvando almas com um holofote nas costas.

Encontro dezenas de artigos falando sobre a ascensão dele na cidade. Ele era amado. Encontro várias fotos dele, antigas e mais recentes, com professores, pais e alunos. Em uma delas, ele está sorridente ao lado da sra. Hall. O sorriso dela é tão grande que parece que vai explodir. A foto é da época em que a escola foi inaugurada. A legenda fala sobre como a sra. Hall está orgulhosa por participar da "iniciativa" dele.

— É — murmuro, pensando no que o Moore disse para J.B. — A iniciativa dele de brigar com adolescentes como se fossem adultos.

Quanto mais aprendo sobre Moore e sua carreira, mais eu consigo entender quem ele realmente era. Para além das bobagens que ele fazia cada vez mais na Promise, ele era daquele tipo de homem que quer ser admirado. De alguma maneira, ele não era muito diferente das meninas da Mercy que iam ser monitoras de inglês na Promise. Ele olhava para caras como J.B., Trey e Ramón e via alguma coisa... *errada* com eles. Alguma coisa que deveria ser colocada em uma caixa, mesmo que fosse preciso quebrar todos os ossos deles para encaixar.

Talvez os meninos fizessem ele se lembrar de algo que ele não gostava nele mesmo.

É difícil olhar para todas as fotos de Moore de terno (eventos beneficentes, de arrecadação, apertando mãos na Câmara, levando tapinhas nas costas e sorrindo pra foto) quando caras como J.B. não podem nem sorrir na escola. Ele chegou a ter sangue escorrendo do nariz e escreveram em sua ficha permanente que ele entrou em uma briga.

Desligo a tela do meu telefone e deixo minha mente vagar. Dentro das paredes da Promise, Moore era o rei, e ninguém o desafiava. Dentro de um reino, o rei não erra. Quando se ouve algo a respeito de um rei sendo deposto, como em *Guerra dos Tronos*, a ameaça normalmente vem de fora do reino.

Minha cabeça vai direto para Stanley Ennis.

Pelo que eu consigo encontrar, Ennis também é um rei. Ele financia expedições em selvas e montanhas, é dono de vários negócios e doa bastante dinheiro para que as coisas tenham o nome dele.

Mas quando vi os e-mails de ameaça, não pareciam ter vindo dele. "*Você devia me ajudar, mas decidiu me dar as costas.*"

Olho lá fora e a rua está silenciosa, e não consigo deixar de imaginar meu bairro como um território em potencial, não para gangues como a Dioses del Humo, mas para políticos e conselhos escolares e vereadores e diretores e todas as pessoas que tiraram fotos com Moore, falando que ele era o salvador dos "garotos perdidos", quando, na verdade, Moore estava acabando com a vontade de viver deles. Isso tudo é reino deles, de pessoas como Stanley Ennis; paga para construir um ginásio e depois traz os garotos para jogar. Soldadinhos de chumbo, peões de xadrez, que são movidos no tabuleiro enquanto os outros continuam a angariar mais recursos. Não tinha ideia de que escolas como a Promise movimentavam tanto dinheiro até começar a ler sobre Moore e sua carreira régia.

Pego o telefone de novo e mando mais uma mensagem no grupo:

> Garotos da Promise, quando é o próximo jogo do time de basquete? A gente precisa dar um jeito de seguir Ennis e descobrir mais coisas.

CAPÍTULO VINTE E TRÊS

Confronto

J.B.

Eu, Trey e Ramón ficamos esperando na esquina da escola um pouco antes do sinal. Trey até trouxe binóculos para vigiarmos a porta de entrada. Tenho que admitir que trabalhar com Trey e Ramón tem suas vantagens.

Decidimos esperar Omar sair da escola para confrontá-lo e ver o que acontece. Não acho que ele vai causar problemas, mas não consigo parar de pensar que se ele for o assassino, ele ainda pode estar com a arma. E que vai atirar em mim se a gente brigar.

Não conhecia bem Omar, mas sei que ele é um cara estranho. Ele nunca fala, nunca nem olhou na nossa cara. Quando achamos todas aquelas fotos do Moore, fiquei assustado. Odeio dizer isso, mas super consigo imaginar esse cara puxando o gatilho.

Nós três estávamos de uniforme, assim não chamaríamos atenção no meio do monte de gente saindo da escola. Foi ideia do Trey, mas duvido que vá funcionar. Olho no relógio e vejo que são cinco horas. A qualquer momento. E bem na hora, o sinal toca e uma avalanche de garotos da Promise saem para a rua. Agoniados para sair daquele lugar.

— Ele está ali — diz Ramón.

Ele aponta pra um garoto magro descendo as escadas.

— Ele mesmo. Parece que ele está vindo para cá — digo.

Nos escondemos atrás do muro da escola enquanto Omar vem na nossa direção. Quando ele passa, começamos a seguir o garoto.

— Quando vamos abordar ele? — pergunta Ramón.

— Assim que a barra estiver limpa. Ele deve estar indo pro ponto de ônibus, temos que pegar ele antes disso — digo.

Andamos mais algumas quadras e estamos longe da multidão da Promise. Somos apenas nós e Omar na rua.

— É a nossa chance. — Apresso o passo para alcançar Omar.

Escuto Ramón e Trey apertando o passo também. Enquanto me aproximo, percebo que Omar está com fones de ouvido e não consegue me ouvir. Estico o braço e pego a mochila dele, me certificando de que a arma fique longe das mãos dele, caso ela esteja ali. Ele se vira.

— Ei! O que você está fazendo? — grita ele. Mas quando ele nos vê ali, começa a correr.

— Merda! Atrás dele — grito.

Corremos atrás de Omar por algumas quadras. Tenho que admitir que esse garoto é veloz. Deve estar acostumado a correr de gente que faz bullying com ele. Trey alcança o garoto e o joga no chão. Ramón e eu chegamos logo depois, ficamos em cima de Omar, tentando recuperar o fôlego.

— Que diabos vocês estão fazendo? — pergunta ele.

— A gente pode te fazer a mesma pergunta. Por que você correu?

— Por que eu corri de três suspeitos de assassinato que querem me atacar? Ah, não sei. Qual é a de vocês?

A coragem dele me surpreende. Estava esperando que ele ficasse com medo, mas não é assim.

— Explica isso — digo, mostrando a pasta que pegamos do armário dele.

— Minha pasta! Onde você pegou isso?

— Não importa. Por que você tem essas fotos do diretor? E pode ir contando o que você sabe sobre o fundo da Promise.

O rosto de Omar muda, como se ele soubesse uma coisa que a gente não sabe. Ele se levanta e limpa a roupa. Olha para os lados e eu sei que ele está confirmando se estamos sozinhos. Omar se aproxima e diz:

— Não foi nenhum de vocês, né?

Nos encaramos.

— Não. Mas não podemos dizer o mesmo de você. Ficamos sabendo que você foi a última pessoa a ver o diretor vivo. E segundo essa carta, você tinha motivo para matá-lo — respondo.

Omar balança a cabeça e diz:

— Vocês não sabem no que se meteram. Eu tenho essas fotos do diretor, porque eu estava escrevendo uma matéria sobre ele para o conselho da escola. Ele pretendia abrir outro campus da Promise e queria uma apresentação.

Omar levanta as sobrancelhas e respira fundo para continuar.

— Achei que eu poderia pelo menos conseguir um novo equipamento, mas ele me disse que isso era uma oportunidade para mim. Que, quando o conselho visse meu trabalho, eles poderiam me ajudar a entrar na faculdade ou alguma merda dessa. Mas eu comecei a enxergar as coisas. Tipo, por mais que eles falem que o fundo é só para mensalidade, o conselho faz questão que ele seja acessível para várias coisas: livros, uniformes, equipamento extracurricular, não só faculdade. Moore nunca nos contou isso. Então quando ele negou meu pedido, fiquei com a pulga atrás da orelha.

Omar faz uma pausa e olha para trás. Repetimos o gesto. Como parece que estamos sozinhos, ele continua.

— Comecei a seguir o diretor para além das reuniões. Moore estava na merda. Ele estava roubando dinheiro do fundo.

Era como se uma bomba tivesse caído ali no meio. O diretor Moore sempre falou de perfeição, excelência e disciplina, mas era tudo mentira. Sinceramente, estou decepcionado. Seja lá o que o Moore estivesse fazendo, foi isso que levou ao assassinato.

— Acho que alguém descobriu o que ele estava fazendo e começou a ameaçar.

— Os e-mails — diz Ramón.

— Isso mesmo. Quem mandou aquilo sabia o que estava rolando e não gostou da ideia.

Eu e os meninos nos entreolhamos. A história que Omar está contando parece fazer sentido, ainda mais juntando com as informações que já temos. Mas isso não significa que seja verdade.

— Mas, espera aí, por que você foi a última pessoa a ver ele antes do assassinato? — pergunto.

— Já falei, ele pediu para eu escrever sobre ele. Eu ia entrevistar o diretor naquela noite. Era a parte final do projeto. Eu estava no escritório dele, tentando ajustar o microfone, mas precisei sair para pegar a fita adesiva. Mas eu escutei um tiro antes mesmo de achar a fita. Olha. — Omar pega um panfleto do bolso.

É de uma vigília para o diretor Moore.

— Eu vou lá mostrar o que gravei do diretor, vocês têm que acreditar em mim.

Ficamos lá, encarando o panfleto do evento. Lembrando da sensação de ouvir um tiro no lugar onde menos se espera. É comum ver violência nessa cidade, mas nunca esperei ver isso na Promise. Não assim. Isso só me lembra de que não estamos mais seguros.

— Vocês têm outros suspeitos? — pergunta Omar.

— Achamos que poderia ser alguém da Dioses — digo, olhando para Ramón —, ficamos sabendo que Moore armou para um deles ser preso e há alguns deles infiltrados na escola. Mas não deu em nada.

— Ainda temos a sra. Hall. Ela apareceu na escola no dia que o diretor morreu e é casada com um dos investigadores do caso. Parece estranho — diz Trey.

Omar nos encara.

— Não acho que foi a sra. Hall. Vi quando ela foi para o jogo, logo antes do tiro.

Eu, Trey e Ramón nos fitamos. Por mais que seja ruim riscar mais um suspeito da lista, tirar o nome da sra. Hall parece a coisa certa a ser feita. Rompo o silêncio e falo:

— Bem, se não foi a sra. Hall, nem você, nem a Dioses, acho que sobra... o Ennis. Stanley Ennis. Ele é um dos maiores doadores do fundo e a última pessoa a preencher o registro de visitantes.

O rosto de Omar se ilumina.

— Eu conheço ele! Ele sempre fica pedindo para eu filmar os jogos de basquete. E como eu estava pesquisando sobre o fundo, descobri isso hoje: eu... hã... posso pegar minha mochila?

Encaro Omar, me perguntando se posso confiar nele. Dou uma olhada na mochila para me certificar de que não tem nenhuma arma ali. Só vejo material escolar e duas lentes de câmera.

— Foi mal, cara. Aqui. — Entrego a mochila.

Ele procura algo na bolsa e passa por alguns papeis soltos até encontrar.

— Bem, aqui está. Eu consegui entrar no sistema e ver quais pedidos foram aceitos e quais foram negados pelo fundo. Muitos foram negados. Quase todos. Mas tem um cara que *sempre* consegue o que pede. Olha o nome.

Omar nos mostra uma folha e aponta. Stan Lee.

— Stan Lee. Tipo o cara da Marvel? — pergunto.

— É, ou tipo... o doador. Stanley Ennis. Cara, não tem nenhum Stan Lee na nossa escola. Stanley Ennis é o maior doador, certo? Estão desviando dinheiro e, de algum jeito, um garoto que nem estuda lá está conseguindo o *nosso* dinheiro? Ou Stanley estava roubando da escola e o Moore tinha que pagar, ou Ennis estava até chantageando ele, ou o próprio Moore estava roubando e usando um nome parecido com Stanley para despistar. De qualquer jeito, só um desses caras ainda está vivo.

As peças se encaixam. Stanley e Moore estavam com algum tipo de esquema, a coisa azedou e alguém tinha que pagar. Nada diferente do que acontece nas ruas.

— Hoje tem jogo. É provável que Ennis esteja na escola agora — diz Trey, na hora.

Brandon Jenkins

Quando Trey me mandou mensagem pedindo um favor, quase neguei. Minha mãe ainda não sabe que estamos conversando. Se ela descobrir, vai ficar furiosa. Mas ele é meu parça. Eu sou o um, ele é o dois. E eu já dei mancada quando dei um gelo nele. Estou devendo uma para ele.

Mas, droga, eu devia ter dito não.

Eu devia estar a caminho do treino. Mas em vez disso, concordei em seguir Stanley Ennis depois da aula. Quando perguntei ao Trey por que raios ele queria que eu fizesse isso, ele só disse que era para poder descobrir a verdade sobre quem tinha matado o diretor Moore. E eu estava mesmo devendo essa para ele.

E foi assim que eu passei os últimos quarenta e cinco minutos: escondido no vestiário, no banheiro, ou qualquer outro lugar onde eu pudesse evitar que o sr. Reggie me visse enquanto varria a escola e se certificava de que todos os atletas foram embora, além de esperar o sr. Ennis ir embora. Não sei como o Trey acha que eu vou conseguir seguir o cara depois de ele sair da escola, não é como se eu fosse o 007 e tivesse um monte de disfarces. Além disso, Ennis me conhece bem, se ele me vir, vai me reconhecer e perguntar de cara o que eu estou fazendo. E todo mundo sabe que eu não sei mentir.

Então, aqui estou, escondido na sala de reuniões, tentando fazer meu pé não ficar dormente, mandando mensagem para Trey dizendo que isso é uma péssima ideia, quando escuto vozes se aproximarem. Essa sala fica bem ao lado da porta por onde o sr. Ennis sempre sai (ele estaciona o Porsche dele no lado do estacionamento com câmeras), então eu sei que uma das vozes tem que ser a dele.

A sala de reuniões tem janelas com vidro de todos os lados, então, se eles vierem pelo lado errado, eles vão conseguir me ver.

— É muita coisa! — diz Ennis. Graças a Deus, eles estão vindo pelo corredor de trás e não vão me ver a não ser que olhem aqui dentro. — Mas você é bom com estratégias.

Acho que o sr. Ennis está falando com o treinador, é normalmente isso que acontece quando ele vem assistir ao treino. O sr. Ennis gosta de ver como o *investimento* dele está indo. Quanto mais a gente ganha, mais feliz ele fica. Nunca entendi por que caras como o sr. Ennis se importam tanto com jogos escolares, mas com ele especificamente, acho que é uma tentativa de reviver a juventude.

— Você precisa segurar o forte. Você tem um trabalho árduo pela frente, mas se tem alguém que consegue, é você — diz Ennis.

Meu coração acelera. Sei que nos filmes as pessoas sempre são pegas por alguma coisa idiota, tipo o celular tocar ou algo assim. Meu telefone fica *sempre* no silencioso, mas confiro para ter certeza e depois o guardo no bolso do casaco, tentando não respirar alto.

— Agradeço a confiança — diz a pessoa que está conversando com Ennis. Conheço a voz, mas ele está falando muito baixo, então não consigo identificar. — Vai ser uma transição difícil para todos nós, mas vamos conseguir.

— Vamos mais do que conseguir — diz Ennis, rindo. Escuto um barulho de papel. — Tudo o que você precisa está aqui. Certifique-se de que nada seja interrompido e tudo vai correr bem.

— Correr bem. — Agora reconheço a voz, é o supervisor Hicks. *Diretor* Hicks. Estou perto da porta e poderia espiar, mas não me atrevo. — Eu quero continuar assim. Quem sabe talvez até sugerir melhoras.

— Muito bem, é isso que eu gosto de ouvir! — Sei que Ennis está sorrindo de orelha a orelha só pelo tom de voz. Daí, ele fala baixinho, quase sussurrando: — Espero que você esteja disposto a fazer o que for preciso para essa parceria funcionar. Para nós dois.

— Sempre fui um homem de negócios. Foi por isso que Moore me contratou. Sem meias palavras.

— E é isso mesmo que precisamos, ainda mais no Fundo Promise. Está tudo correndo bem lá também?

— Estou fazendo o melhor que posso.

— Muito bem, podemos começar de onde Moore parou. Como está isso? Alguma prisão foi feita?

— Não que eu saiba. Mas sabemos que foi um dos garotos. É só uma questão de tempo. Talvez eles comecem a pressionar daqui a pouco, fazendo com que um se vire contra o outro, sabe?

Sinto meu estômago revirar, mas Ennis faz um barulho, como se concordasse.

— Bem, eles precisam achar a arma! Esse monte de policial entrando e saindo da escola... tenho que admitir que não faz bem para imagem da escola. Eles precisam procurar em todos os lugares, achar a arma e prender alguém! Só assim vamos poder seguir em frente depois dessa bagunça toda. Voltar aos negócios.

De repente, Hicks grita:

— SOLOMON! O que você está fazendo aqui?

Percebo que estava de olhos fechados, tentando me fazer invisível. Mas agora eles estão bem abertos. E percebo que estou olhando diretamente para Solomon, parado do lado de fora da sala de reuniões. De onde ele está, vê Hicks e Ennis passando por cima da minha cabeça. E é óbvio que ele também consegue me ver. Ele me olha com uma expressão de surpresa.

Um dia, Trey me disse que Solomon é dedo-duro, então meu coração dispara, sabendo que ele vai falar que eu estou ali. E para o diretor interino ainda por cima.

Solomon pisca e olha para cima, para Ennis e Hicks.

— Acabei de levar as caixas do seu antigo escritório para o novo — diz Solomon. Ele vai andando, mas não me olha mais. — Queria saber se você precisa de mais alguma coisa antes de eu ir embora.

Não me atrevo a respirar, mas meu coração parece descolar e voltar a bater. Não acredito que ele não me dedurou.

— Ah, obrigada, garoto. Na verdade, tem mais uma coisa. A sra. Hall veio buscar as coisas dela. Tem algumas caixas no lobby que o sr. Reggie deixou para ela, que deve chegar a qualquer momento. Você poderia cuidar disso. Depois, está dispensado.

— Pode deixar.

Solomon passa por mim, mas não me olha. Quando ele está longe, Hicks diz:

— Esse é um dos bons alunos.

Depois disso, ele e o sr. Ennis saem pela porta que leva ao estacionamento e não escuto mais nada.

Aos poucos, volto a respirar, depois vou engatinhando até a porta. Eles foram embora mesmo. Saio correndo da sala de reuniões e vou pelo corredor oposto, já com o celular nas mãos para mandar mensagem para Trey.

> Ennis parecia nervoso. Ele estava conversando com Hicks. Não parece estar triste pelo Moore. Eram só negócios. Eles falaram sobre o Fundo Promise. Acha que pode ser ele?

E-MAIL RECEBIDO POR J.B., TREY & RAMÓN

De: darkgamble@anonmail.com
Para: J.B., Trey, Ramón

Vi vocês. Vi vocês, assassinos, perambulando perto da escola. O que vocês estão procurando? Logo, logo, a polícia vai prender vocês três. Fiquem longe daqui, ou vocês vão se arrepender.

Ninguém

Essa é a parte que eu odeio, mas também a que eu amo. Quando entro em uma sala e ninguém lembra do meu nome. Existem algum conforto em ser ninguém.

Você não arrisca nada, não perde nada. Uma vida toda de riscos me ensinou que não importa o quão baixo você se mantém, desde que não alcance o chão. Se voar alto demais (muito de qualquer coisa: sorrisos, caretas, sonecas, mudanças), as pessoas vão perceber. Prefiro ficar abaixo do radar.

Sou perfeito para um lugar como a Promise, e sei que não é o caso de muitos. Aqui, dentro da escola, é fácil ser invisível.

As pessoas não se importam em te pedir favores se você for ninguém. Porque mesmo quando você faz o que eles pedem, eles ainda não te enxergam como alguém. Pra eles, você é só mais uma parte da engrenagem. Você é a impressora, você é a caneta, você é o teclado, você é o telefone. Você é até uma câmera de vídeo.

As pessoas acabam esquecendo que você está lá e te olham como olhariam uma luminária. Dizem coisas na sua frente sem nem pensar. Eles mostram as garras.

Você vê tudo, até as coisas que eles não acharam que você veria. O que eles não querem que você veja.

Sendo ninguém, você se acostuma a se misturar. Vira especialista em se camuflar na tinta cinza. Você pode ficar dentro da escola, segurando uma câmera no corredor, filmando os banners que acabaram de ser pendurados, alguns deles até com tinta fresca. No fundo, o barulho da quadra, cheia de adolescentes, todos se transformando em alguéns na presença uns dos outros, um raro momento em que o barulho e a felicidade são permitidos.

Todo mundo vai para quadra, as portas se fecham, e você está sozinho de novo, um ninguém cercado por zero pessoas. Você anda de costas pelo corredor vazio, imaginando ter tido a chance de mostrar um pouco de criatividade em como *você* vê a escola. Esse é seu jeito preferido de vivenciar a escola. É quase como se estivesse jogando no modo teste. Sem uma pessoa olhando. Todos entretidos. Sem alguém fingir que lembra seu nome.

E aí o barulho das vozes. Dois deles, gritando, você não sabe onde. Agora eles estão ali, dois pontos em sua visão. Dois homens. Um negro, outro branco. Xingando, blasfemando. Eles estão discutindo.

Se pelo menos você estivesse com a sua câmera.

E então, a arma. Você imediatamente se vira. Mas você escuta ela sendo disparada. A grandeza de um tiro, a maneira como ele preenche o corredor todo, parece que estoura o teto.

Você não precisa correr. Você sabe como desaparecer. Você sai por uma porta. Um minuto, depois o outro. Você vê o cara branco sair do escritório, mas ele não vê você. Ele se apressa. Ele sai pela escada contrária ao escritório.

— Aí está você! Bem quem eu queria ver!

Por dentro, eu pulo. Por fora, me viro calmamente na cadeira para encarar o balcão, onde Stanley Ennis está com os cotovelos apoiados, as mangas da camisa, enroladas. Ele está sorrindo como se fosse um vendedor. Ele sempre sorri assim para mim, e sempre me pergunto o que ele quer me vender. Sei que ele não se importa se eu gosto dele de verdade. Caras ricos assim normalmente não precisam se preocupar com essas coisas.

— Oi, sr. Ennis.

— Você está com tudo pronto para a homenagem de amanhã? Tudo certo?

Concordo com a cabeça.

— Sim, senhor, a maior parte. Estou dando os toques finais agora.

— Você incluiu os melhores momentos do último jogo? Queremos algo de bom gosto, não precisamos ficar nos exibindo na homenagem dele.

— Sim, senhor. Está ótimo. Eu posso enviar antes para o senhor conferir, se quiser.

O sorriso dele fica ainda maior. Ah, é isso que ele quer. Sempre levando as pessoas a fazerem o que ele quer.

— Isso seria ótimo! Posso mandar algumas observações para você? Prometo que não vai ser no último minuto.

— Claro, sr. Ennis.

— Você é demais. — Ele sorri.

Eu sou o computador. Eu sou a câmera. Eu sou a mesa. Eu sou o telefone.

Mas, eu também tenho um telefone. Quando ele vibra no meu bolso, espero até que o sr. Ennis saia sorrindo da sala.

Trey. Mais um alguém que eles querem transformar em ninguém.

> Ei, Omar. A gente acabou de receber um e-mail estranho. Você não contou pra ninguém que a gente foi na escola, contou?

Fico olhando a mensagem por muito tempo antes de responder.

Não, respondo. Meu coração ainda acelerado. Mas sinto uma estranha calma. Como se estivesse dentro de um castelo de areia vendo a onda se aproximar. É inevitável.

Ainda não consigo acreditar que eles acham que eu matei Moore. Quase me sinto ofendido, mas também tenho vontade de rir. Mas não faço isso. Levando em conta o que eles estão enfrentando, não me surpreende que estejam desesperados para descobrir tudo. Pela primeira vez, sinto arrependimento. Eu devia ter falado alguma coisa quando percebi que o diretor Moore não estava lidando bem com o dinheiro do fundo. Eu sou covarde?

Mas eu sou um ninguém, quem escutaria?

E mesmo se eles ouvissem, mesmo se eu me transformasse em alguém por um breve momento, por que eles acreditariam em mim sem provas? E vai saber o tipo de perigo que eu ia enfrentar?

O assassino de verdade pode vir atrás de mim.

CAPÍTULO VINTE E QUATRO

Revelações

Ramón

Não consigo parar de pensar no e-mail que recebemos do assassino. Tem que ter sido do assassino.

Não é que eu esteja com medo, mas alguma coisa naquele e-mail parecia familiar. É quase como se eu conseguisse ouvir a voz saindo do computador, mas não consigo identificar de quem é. Honestamente, a pessoa que o enviou parece bem desesperada, e isso deve significar que estamos perto da verdade.

Decido mandar uma mensagem no grupo para ver o que eles acham.

Ramón: Trey e J.B., vocês receberam um e-mail estranho?

Trey: Sim. Deve ter alguém na escola ainda. Ennis estava lá por causa do jogo.

Keyana: J.B. tá falando que queria ter visto alguma coisa.

Penso em Omar e tento lembrar se vi alguém que chamava atenção, alguém que estivesse olhando para nós, mas não chego em conclusão nenhuma.

Magda: Com esse e-mail, a conversa que Brandon ouviu do Ennis e do Hicks e as informações do Omar sobre o fundo da Promise, parece que Ennis é quem procuramos.

Luis: Moore deve ter dado para trás no combinado deles, e Ennis se livrou dele.

Keyana: Eu disse logo no começo, ir atrás do dinheiro. E agora, como pegamos ele?

Precisamos de prova. Mas os vídeos dele não vão aparecer num passe de mágica, ainda mais depois que os policiais já vasculharam tudo.

Espera aí. Talvez as câmeras de segurança da escola não tenham capturado nada, mas e se alguém filmou no dia do jogo?

E é aí que penso: Omar disse que ia entrevistar o diretor bem antes do assassinato. Mando uma mensagem pra ele.

Ramón: Omar, você fez alguma gravação do Moore no dia do assassinato?

Omar: Não, nem cheguei a arrumar a câmera, o microfone estava com problema.

Ramón: Mas você acha que o microfone não pegou nada?

Omar: Hum, acho que não, mas vou conferir.

Decepcionado, jogo o telefone na cama. Foi uma boa ideia ter perguntado isso ao Omar, mas obviamente seria bom demais para ser verdade.

Penso em tudo o que aconteceu e como minha vida virou de cabeça para baixo. Penso nos meus últimos dois dias na Promise antes do diretor ser assassinado. Ele estava desequilibrado, por isso tratou a gente daquele jeito, eu, J.B. e Trey. Não era culpa nossa.

E é aí que minha ficha cai. Não éramos garotos ruins, Moore é que era um homem ruim. Esse tempo todo, pensei que tivesse feito alguma coisa inadequada ou cometido um erro, mas não foi isso. Moore estava lidando com os próprios problemas.

Mas aí, outro pensamento me ocorre e levanto da cama como se tivesse sido atingido por um raio. Entendo por que o e-mail me parece familiar.

CAPÍTULO VINTE E CINCO

O esquema

J.B.

Keyana deve ser a garota mais inteligente que eu já conheci, e não sei se é porque ela lembra de cada coisinha que ela vê, ou se é porque o cérebro dela fica criando coisas novas o tempo todo. De qualquer forma, tenho quase certeza de que as duas coisas são características de gênios. Não havia nenhuma chance de esse plano ter existido se não fosse por ela, e pelo Omar, talvez. Mas mais por ela. E é exatamente o que digo a ela, atrás do Rocky, enquanto estamos esperando os outros chegarem para a homenagem ao Moore.

— Eu sei — concorda ela, com um sorriso fofo. Mas depois ela fica séria, olhando direto pra mim. — Mas eu preciso saber uma coisa. Você faria isso por mim? Se eu estivesse numa situação dessa, você faria tudo isso para me ajudar?

Fico encarando Keyana intensamente, para que ela sinta meus olhos nos dela.

— Quando tudo isso acabar, vou escrever um poema pra você, vou falar tudo que eu faria por você nesse mundo. Mas agora eu só vou dizer isso, eu carregaria o planeta todo nas minhas costas e daria a volta no sol se você pensasse em me pedir isso.

Pelo jeito que o olhar dela muda, sei que ela acredita em mim. Quero beijar Keyana, mesmo que eu esteja suando e meu nariz possa começar a sangrar, mas é aí que Ramón e os outros aparecem, todos com boné ou capuz.

Definitivamente, estamos disfarçados.

Keyana diz:

— Então, temos algumas opções. Temos uniformes da Promise, claro. E, Luis, se você for entrar, acho melhor ir de uniforme. Magda, acho que é melhor você usar o vestido. Eu vou usar meu uniforme da Mercy, se estiver tudo bem por vocês. A questão é que não queremos que as pessoas se perguntem se devíamos estar ali. Só para o caso de chamarmos a atenção de alguém. Luis, você é a única exceção, para você é só mais um dia normal, tá?

— Mas, espera aí — diz Trey, levantando a sobrancelha. — Tenho que colocar uma roupa de garçom ou algo assim? Como eles fazem no cinema?

— Não é isso. — Ela ri e uma rajada de alegria me percorre quando escuto esse som. — Para você, J.B. e Ramón, peguei emprestado os ternos do meu pai e do meu irmão. Acho que é melhor que as pessoas achem que vocês são membros da comunidade que vieram participar da homenagem. Melhor ainda se eles virem o terno e acharem que vocês são adultos.

— Ninguém vai acreditar que Ramón é adulto — provoca Luis, dando um cutucão no amigo.

— E, sem desmerecer, mas acho que nenhum terno desses vai me servir — respondo, olhando as roupas.

Ela dá uma risadinha para mim e levanta um terno.

— Nem adianta. Meu pai tem 1,95m. Espero que você não se importe em usar esse de lã fria.

— Vou ficar parecendo um bambambã — suspiro.

— Ótimo. Essa é a ideia do disfarce, as pessoas pensarem que você é uma coisa que não é.

Nos revezamos para trocar de roupa atrás da lixeira. É provável que isso seja mais correto do que muita coisa que acontece naquele beco atrás do Rocky. Keyana fica fofa no uniforme da Mercy, mas nada é melhor do que quando ela está de calça justa, camiseta larga e brinco de argola. Ela tem um estilo próprio, e eu adoro isso.

— Você tem certeza que o Omar vai dar as caras hoje? — pergunta Trey quando terminamos de nos trocar. Magda está com um vestido de flores que fica grande nela.

— Ele disse que estava só terminando os toques finais — responde Ramón.

— Melhor ele não dar pra trás de última hora. Queria que a gente não se arriscasse a criar confusão hoje — diz Trey.

— Não sei, cara. Quer dizer, tecnicamente a gente não foi proibido de pisar na escola. Estamos só suspensos. A homenagem é uma coisa pública — responde Ramón.

— Aham, então por que estamos nos disfarçando?

— Só por precaução. Não precisamos chamar atenção! Vamos focar no que precisamos fazer. Pode ser que a gente consiga inocentar vocês três hoje — explica Keyana.

Pego meu telefone e vejo que são 11h45, chegou a hora. Não estava nervoso até agora.

— Espero não arrumar problema por ter faltado na aula — murmura Magda.

— Eu também — diz Luis.

Keyana olha para ele.

— Peraí, Luis, *por que* você faltou? Estamos indo pra *sua* escola. Você poderia ter ido para a quadra com o pessoal da sua sala e a gente encontrava você lá.

Ele a olha e dá de ombros.

— Não queria perder nada.

Todo mundo começa a rir. Meu Deus, que dia. Ramón me olha e pergunta:

— Tem certeza que a porta do porão vai estar aberta?

— Eu abri quando fui com Keyana checar o armário do Omar.

— Eu sei, mas agora eles devem verificar se está tudo fechado.

— Seria o esperado. Mas meu amigo Brandon olhou hoje de manhã e estava aberta — diz Trey, mostrando o telefone.

— Okay, vamos entrar por lá e depois nos separamos — explica Keyana. Ela se vira pra mim, com aqueles olhos grandes. — Mas olha, se parecer arriscado ou se tiver alguém vigiando ou qualquer coisa... você desiste. Okay? *Não* entre se for dar problema. Porque nem vale a pena. Podemos nos encontrar depois e...

Dou um beijo nela na frente de todo mundo. Agora eu já sei como ela fica. Às vezes, ela fica tão nervosa que precisa que alguém a pare antes de piorar. Ela sorri pra mim.

— Vou conseguir — digo.

— Você vai conseguir.

— A gente vai conseguir — incentiva Trey, como se fosse um jogo de basquete, e Luis faz o mesmo. Todo mundo ri. Já ouvimos isso deles nos jogos. Mas dessa vez, ninguém diz "Eu prometo". Agora a gente já sabe que isso não vale nada.

Entramos silenciosos no porão e imediatamente nos separamos. Não consigo parar de pensar no que Omar fez. Hoje as coisas *precisam* dar certo. Mas não quero criar muita expectativa.

Escuto o barulho distante das pessoas se movendo pela escola, parece dia de jogo, quando os corredores da Promise passam a permitir pessoas e risadas. De repente, sinto toda injustiça da situação. Por que as coisas têm que ser assim? Não sou uma pessoa ruim. Nenhum de nós é. Então por que temos que passar o dia todo sem poder sorrir?

Mesmo que eu consiga limpar meu nome, acho que nunca vou voltar pra esse lugar. Seria a mesma coisa que ir pra cadeia. Qual é a diferença agora?

Ando sozinho pelo corredor, e as lembranças daquele dia me tomam. Pedi permissão para ir ao banheiro sem saber se me deixariam fazer xixi. Mesmo com a permissão, Hicks me parou e me interrogou. Fui ao banheiro mais distante, tentando ter um momento sem os professores me fiscalizando, esperando que eu respirasse fora da linha.

Até agora não tinha percebido, mas esses dias desde o assassinato, longe da escola e da vigilância constante, foram os dias em que fiquei mais relaxado. Isso não pode ser normal, cara. Só não pode.

E, de agora em diante, não vai ser.

CAPÍTULO VINTE E SEIS

Quase hora do show

Trey

É estranho estar na quadra de novo, ainda mais usando essa roupa em vez de estar me vestindo para jogar. A única coisa em que consigo pensar é no jogo que devia ter participado, mas Moore não deixou: o jogo que, com certeza, seria o pontapé inicial na minha chance de jogar pela faculdade.

Enquanto ando em meio ao povaréu, em direção às várias cadeiras que eles colocaram na quadra, não consigo evitar que os sentimentos voltem: a raiva, a decepção, a vergonha. Não faz sentido que apenas uma pessoa tenha tanto poder sobre o futuro de outra.

Escolho um lugar no mar de assentos, encarando o palco onde o supervisor Hicks e o sr. Ennis e outros ricaços estão. Meu corpo está tomado pela raiva, vendo todos ali, arrumadinhos, sendo celebrados enquanto eu sou o suspeito de assassinato.

Respiro fundo e tento me manter focado. Eu, Ramón e os outros nos separamos na multidão. Ninguém percebeu que estávamos ali. Pelo menos acho que não. Essa é a primeira vez que estou na escola e não sinto como se estivesse pisando em ovos. E isso porque estou literalmente *entrando escondido*.

Meio-dia em ponto, Hicks levanta da cadeira e vai para o centro do palco. Atrás dele, uma tela enorme de projeção, e quando ele cumprimenta a todos, o silêncio toma conta da plateia.

— É maravilhoso ver tanta gente reunida para celebrar a vida do meu colega e grande amigo, Kenneth Moore. Todo mundo aqui sabe o impacto que ele causava a cada vez que entrava em uma sala, e faz bem para o coração ver uma sala *grande* assim estar cheia como evidência desse impacto. Claro, estamos todos aqui em reverência a tudo que ele conquistou...

Já fui em muitos funerais e sempre tenho que me esforçar para permanecer acordado. Não por tédio, mas porque tudo parece falsidade. Algumas pessoas ficam desconfortáveis quando alguém vai lá na frente e começa a chorar, ranho escorrendo do nariz, mas sendo sincero, eu prefiro, mesmo que eu não sinta o mesmo pela pessoa que morreu. Porque parece sincero.

Quando Hicks termina o discurso superformal, outros começam a se levantar e contar histórias sobre Moore. As pessoas ficam em pé no palco, com seus ternos e sapatos engraxados, para falar sobre a vida dele. Mas ninguém chora, e todas as histórias têm o mesmo tom: *o bom e velho Kenneth Moore*. Ou *pode ser que você não concordasse sempre com ele, mas não podemos discordar que....!*

De repente, sinto que preciso sair dali. Mesmo que isso signifique passar pelo retrato gigante do diretor Moore que penduraram na entrada. Aquele quadro não precisava ser tão grande. Mais e mais, isso tudo parece um bando de egos nadando em um aquário de tubarões.

O próximo a pegar o microfone é o sr. Ennis. Ele está bem-vestido, como sempre. Vi a esposa dele por aí também, com um macacão chique como se ela fosse candidata a presidenta, ou ele fosse.

— Quero amplificar o que todo mundo disse — dispara ele no microfone. — Promise é um lugar especial graças a Kenneth Moore.

Olho pela quadra, me perguntando pela primeira vez se os outros alunos estão pensando o mesmo que eu: que sim, a Promise *é* especial graças ao Moore... um lugar desgraçadamente especial. Vejo Ramón e ele está fazendo careta.

— Queria aproveitar a oportunidade para anunciar uma grande mudança na Promise, ao mesmo tempo em que celebramos a vida desse grande homem. A partir de agora, a escola passa a se chamar oficialmente Escola Preparatória Promise Kenneth Moore. Achamos que seria adequado já que o diretor Moore não está mais conosco em corpo presente, que a escola carregue seu nome, para sempre mantermos a promessa dele em nossos corações.

Ele continua falando, mas eu só me sinto vazio com esse anúncio. Colocar o nome dele na escola? Quer dizer, grande coisa. É só um nome. É só uma escola. Mas enquanto escuto todos ao meu redor aplaudindo e acenando, um pensamento me vem à cabeça: *não é justo.*

Só não é justo.

Estou agindo como criança, fazendo pirraça por ter levado cartão em um jogo ou algo assim. Mas não é justo. O cara que fez a gente se sentir tão mal e percorria esse lugar gritando na cara dos garotos e fedendo a álcool... *esse* cara morre e todo mundo começa a falar dele e colocar o nome dele em prédios?

E a gente? Eu, J.B. e Ramón? As histórias que falam sobre a gente nunca vão ficar para a posteridade.

Dou um suspiro tão alto que a mulher ao meu lado se afasta um pouco. Os aplausos vão diminuindo, e Hicks pega o microfone mais uma vez. Quanto tempo eles querem ouvir a *própria voz*?

— É com prazer que agora anuncio os alunos que gostariam de falar algumas palavras sobre seu amado líder...

Meu coração dispara enquanto olho a multidão, procurando Omar. Onde ele está? O plano não vai funcionar sem ele. Tinha uma sensação de que ele ia dar pra trás, embora quisesse acreditar que não.

Então vejo, bem na hora que vou mandar mensagem no grupo dizendo para abortarmos a missão, que ele está sentado bem no fundo do palco, como um passarinho. Ele consegue desaparecer na cadeira, bem no meio da multidão. De alguma forma, ele se faz invisível. Os olhos simplesmente passam direto. Mas agora eu o vejo, e ele está me olhando mim. Acenamos um para o outro.

Quase hora do show.

CAPÍTULO VINTE E SETE

Gran Finale

Ramón

Alguém deve ter me reconhecido. E depois disso, não tem como segurar.

Garotos da Promise são ótimos em mandar mensagem sem que ninguém perceba, e eu sei que fofoca corre rápido: *eles estão aqui.* E não só os alunos. Outra comunicação invisível acontece, dedos secretos são apontados. *Eles estão aqui. Os três garotos que eles acham que são os culpados. Estamos perto de assassinos, ou pelo menos de um assassino.*

Tento ignorar tudo isso. Continuo olhando para o palco, que é o que eu tenho feito esse tempo todo. Parece um baile de máscaras.

Estou pensando em levantar e ir embora quando recebemos a mensagem do Trey no grupo:

Estamos quase lá, o gran finale vai começar.

De repente, parece que minha cadeira se transforma em lava, me prendendo no lugar.

Não estamos fazendo nada ilegal. A polícia não proibiu a gente de entrar no prédio. Mas com a multidão que veio prestar homenagem ao homem que eles acham que matamos, as coisas podem ficar desconfortáveis bem rápido.

Trey não escreve mais nada e tenho medo de olhar na direção dele. Sinto mais olhos em mim, como se fossem baratas. Também estou com medo de como Trey deve estar se sentindo. Sabendo que foi ele quem trouxe a arma para a escola. De todos nós, ele é o que parece mais culpado.

Becca está no palco discursando sobre como Moore inspirou a vida dela, e como, graças a ele, ela quer ser diretora também. *Afff*, óbvio que ela quer. Sinto muito pelos alunos que ela acha que vai salvar.

— Quem sabe um dia eu seja diretora da Promise! — diz Becca, com aquele sorriso que ela sempre dá quando sabe que tem gente olhando.

Pela primeira vez desde que começou esse circo, escuto risadinhas na plateia. Antonio que estudou inglês comigo é um deles, eu reconheceria a risada anasalada dele de qualquer lugar. Me dá vontade de rir também, e o olhar na cara do Hicks só amplia esse desejo. Ele não pode surtar com a gente como ele faria em um dia normal de aula. Pelo amor de Deus, tem jornalistas aqui. Mas ele encara a plateia com olhar letal, enviando promessas de reprimendas posteriores.

Mais uma mensagem do Trey:

> Atenção, pessoal. Lá vem o sr. Reggie.

E lá vem ele mesmo, andando pela plateia até o fundo, olhando cada cadeira. Ele deve ter recebido a mensagem de que estamos aqui. Abaixo a cabeça e sei que os outros fazem o mesmo. Pelo rabo do olho, consigo ver que ele encontrou Trey. Faz sentido, Trey é sempre visto como "garoto problema", só porque ele está sempre fazendo piada. Imaginar as pessoas usando isso contra ele no julgamento faz meu estômago revirar.

— E nosso último aluno a falar... — diz Hicks, e isso faz o sr. Reggie parar. Ele se coloca perto da parede, se misturando a plateia. Trey está com o rosto virado para mim, bem no ângulo que o sr. Reggie não veria. Sei que o sr. Reggie está frustrado, ele não vai interromper a homenagem para dar um escândalo, e depois ver que é outro cara. Sei que o terno está confundindo, e agradeço Keyana por isso mentalmente.

— Tenho o prazer de chamar Omar Rosario, que trabalha e estuda aqui na Promise e é fotógrafo e cinegrafista amador. Vocês devem ter reparado nos vídeos em loop e nas fotos exibidas nos nossos monitores. Se você reparou, você viu o trabalho de um de nossos estudantes! Temos que agradecê-lo pelo vídeo de hoje em homenagem à vida do diretor Moore. Eu mesmo já assisti e podem acreditar, todos ficarão com olhos marejados.

Ele convida Omar para o centro com os braços abertos, e, pela primeira vez, todos os alunos veem esse garoto.

Já vi Omar centenas de vezes, óbvio, quase sempre na secretaria. Toda vez que fiquei depois da aula, foi Omar quem me entregou o papel de notificação da detenção. Sempre murmurando alguma coisa quando eu agradecia, nunca falando mais que o necessário. Ele estudou inglês comigo na turma especial por um ano, mas aprendeu rápido. Nunca soube se ele precisava mesmo daquelas aulas ou se ele foi enfiado lá pelo Moore só porque ele falava espanhol, ou se ele aprendeu muito rápido mesmo. Vai saber.

Normalmente, Omar é misterioso, mas hoje ele vai até o microfone, alto e ereto, com os ombros só um pouco curvados. As mãos magras pegam o microfone, ajustando a altura.

Ele não sussurra. A voz dele é calma, mas límpida. E ele fala para toda a quadra:

— Olá, meu nome é Omar Rosario, e gostaria de agradecer ao diretor Hicks pela apresentação, assim como pelas oportunidades que ele e a escola me ofereceram, permitindo que eu explorasse meu interesse em fotografia e cinegrafia enquanto estudava. Espero que todos gostem do vídeo, e sinto muito se ele for um pouco longo. Foi difícil decidir quais cenas incluir e quais deletar.

As luzes diminuem, e, quando olho para Trey, vejo que ele não está mais escondendo o rosto. A escuridão ajudou e o sr. Reggie não o está mais encarando. Todo mundo está olhando para a grande tela brilhante. Omar voltou ao seu lugar no palco e olha educadamente para as mãos enquanto o vídeo começa.

Começa com a Promise recém-inaugurada, muito parecida com agora, mas um pouco mais nova e brilhante. Havia muito mais cartazes: clubes, organizações e várias coisas. E lá está Moore, caminhando pelo corredor sorrindo, o cabelo muito menos grisalho e o terno muito menos impressionante. Alguém deve ter filmado isso em um telefone antigo, a resolução e o volume são baixos. Mas é ele. E, sinceramente, eu poderia ter gostado dele naquela época.

A sra. Hall caminha ao lado dele, radiante. Tem até fotos dele entrando nas salas de aula e falando um pouco. Todos os meninos ainda estão com uniformes engomados, mas seus rostos não são tão duros. As pessoas parecem um pouco mais relaxadas, tem até fotos delas conversando no corredor. Eu percebo com um sobressalto que não há nenhuma linha azul no chão. Quando isso começou? Dá para ouvir as pessoas rindo e sem que haja o *bip bip bip* de deméritos sem fim.

À medida que o filme avança, parece que estamos vendo um time lapse. Alunos ficando mais velhos, os sorrisos cada vez tímidos, os corredores cada vez menos cheios de alunos e cartazes. As paredes parecem ficar mais acinzentadas. Houve um período antes de Hicks chegar e, de repente, ele está lá, filmagens sérias dos dois homens andando pelo corredor, conversando, entretidos. Imagens deles debruçados sobre a papelada na mesa de conferência, posando quase como arquitetos.

Olho para o lado e vejo que o rosto de Hicks está tomado pela emoção. A amizade dele com Moore desabrochando ali, na frente de todos. Isto me deixaria triste se eu não soubesse como eles se apoiaram, sem nunca apoiar a gente. Como às vezes parecia que eles se encontravam na casa ou no escritório de Moore para inventar novas maneiras de nos tornar rígidos e silenciosos.

Ennis aparece em algumas dessas imagens, e ele sempre sorri abertamente toda vez que ele aparece na tela. Omar é um cineasta brilhante, começo a notar como ele nunca coloca Ennis no foco. Ele está sempre em segundo plano, conversando, assistindo, sorridente. Porque é isso que ele é na Promise: o cara dos bastidores, o homem com o dinheiro, aquele que sussurra no ouvido do cara na roda. Ele também envelhece conforme o filme avança, outra prova do talento de Omar: é tudo cronológico, e não é só um filme sobre a carreira de Moore, mas uma história da Promise.

Depois, eu. Vejo um pedacinho de mim no fundo de uma imagem do refeitório, sorrindo enquanto sirvo uma pupusa para alguém. Alguém mais viu isso? Tenho medo de olhar ao redor. Omar incluiu aquela imagem de propósito?

Então lá está Moore no corredor, e ele aparece do jeito que estava nos dias que antecederam seu assassinato. Um pouco desgrenhado em seu terno elegante. Caminhando rigidamente pelo corredor. Foi filmado de longe, ele lá no fundo do corredor, gritando com os meninos. Olho para Hicks e ele está fazendo uma careta.

E depois temos J.B., a câmera só passa por ele, como se mostrasse que ele está perdido em pensamentos. Ele fecha o armário, depois sai andando em silêncio, seguindo a linha azul.

Moore de novo, fechando o armário de um dos alunos com força depois de ele pegar os livros. O garoto se assusta. Dá para ouvir os sussurros abafados na multidão.

Depois vem o Trey, fazendo uma cesta de três pontos na quadra, rindo alto e com gosto, os olhos iluminados por uma piada. O Moore nem está naquela cena. O que Omar estava fazendo? Olho de novo para o palco, e vejo Ennis indo falar com Hicks, que balança a cabeça.

E é aí que a quadra se enche de barulho. Dia de jogo. Banners. Cores. Gritos e torcida. Os corredores cheios de gente. A câmera passa por todos como se fosse um pássaro, se desviando. É a sensação de estar no meio da multidão, tomado pela energia e animação. Cenas filmadas de cima das arquibancadas, tudo lotado. Da porta, vemos a movimentação rápida dos dois times, para cima e para baixo, para cima e para baixo. Imagens do corredor, das faixas em cima da porta da quadra que exibem a frase NÓS PROMETEMOS.

Então a câmera se move devagar pelo corredor, para trás, como se estivesse sendo puxada pelo tempo. Começa devagar, depois vai mais rápido, os armários parecem um borrão. Lá longe ainda dá para ouvir o barulho da quadra.

Os gritos vão diminuindo de volume, mas depois volta, não a massa de vozes, mas apenas duas. A tela fica preta.

Mas o som continua.

— Tudo que você precisava fazer era me incluir, Ken! Como posso deixar isso mais evidente? Eu te avisei, agora estamos nessa.

— Já disse que isso não vai acontecer! Quantas vezes eu tenho que falar não?

A primeira voz se transforma em um som bestial, cheio de ódio.

— Você acha que eu vou ficar aqui parado assistindo você me deixar de fora? Eu aguento. Você acha que não? Eu aguentei toda merda que você já jogou para mim.

— Demoramos para construir isso, e agora você já quer sentar na janelinha. Não é assim que as coisas funcionam. E se você tivesse cuidado da sua vida em vez de se enfiar onde não foi chamado, essa conversa nem estaria acontecendo! Então, se você está com raiva, você mesmo que se meteu nisso.

Eles vão ficando cada vez mais nervosos, e um deles fala mais alto, o outro tenta acalmar. Eu sei quem estou ouvindo, as vozes são nítidas.

Hicks e Moore.

— Você acha que eu vou deixar você... me deixar de fora? Sabendo o que eu sei? — grita Hicks.

— Estou falando que você não tem escolha.

Uma pausa e dá pra ouvir alguns barulhos baixos.

— Ah, seu filho da puta, eu duvido! Eu duvido! — grita Moore.

— Me deixa participar! Eu sei que o Fundo Promise é só o seu cofrinho, Kenny! Esse dinheiro todo do Ennis está indo direto pro seu bolso! Me deixa participar!

— Eu disse que NÃO!

Quando a arma dispara, todo mundo no Ginásio Stanley Ennis prende a respiração. Wilson Hicks, supervisor discente, agora diretor interino, foi filmado assassinando seu parceiro no crime, diretor Moore.

Minha abuela sempre disse que eu levo jeito para identificar vozes. O e-mail que J.B., Trey e eu recebemos foi o que me revelou. *Perambulando*, disse Hicks. Ele já tinha usado aquela palavra comigo antes.

A gravação continua enquanto ouvimos o corpo do diretor Kenneth Moore cair no chão. Escutamos barulho pela sala, como se estivesse tentando limpar impressões digitais, arrumar a cena do crime. Depois, só ouvimos silêncio.

Keyana Glenn

No palco, Wilson Hicks tenta ligar o microfone, fazer a apresentação parar. Ele está alucinado. Enquanto isso, Omar Rosario está sentado calmamente na cadeira, com as mãos sobre o colo.

Na plateia, as pessoas gritam. Algumas estão pegando o telefone para ligar para a polícia, mas não é preciso, os policiais já estão lá. Vi quando entramos escondidos. Eventos grandes como esse sempre contam com a presença da polícia, e hoje não é diferente.

Ninguém sabe o que fazer, nem eu. Estou só sentada na cadeira, querendo estar sentada do lado de J.B., o rosto dele está igual ao da filmagem do Omar: sério, pensativo, estudioso, mesmo quando todo mundo está correndo.

— Pessoal, permaneçam sentados! Vamos descobrir o que foi isso. Vamos descobrir o que aconteceu aqui. Um tipo de piada doentia... vamos expulsar... — grita Hicks.

Todo mundo parece congelado.

Menos os garotos da Promise.

Primeiro é J.B. Enquanto Hicks grita pra todo mundo continuar sentado, em silêncio, J.B. levanta devagar. É impossível não reparar. O 1,90m dele, usando o terno do meu pai, não faz nada, os braços colados ao corpo. Ele só fica de pé, olhando para Hicks. Todo mundo está vendo, e os sussurros começam. Alguns são mais do que sussurros.

Ele é inocente. Aquele é J.B. Williamson. Ele é inocente.

Depois é o Trey. Ele também levanta, o terno um pouco grande.

Trey Jackson. Ele também está aqui. Ele é inocente.

Depois, Ramón. Ele está tremendo quando levanta, consigo ver daqui.

Ramón Zambrano. Ele é inocente. Todos eles são.

Um por um, os garotos da Promise se levantam. Eles não dizem nada. Mas um depois do outro, fileira por fileira, os outros alunos se levantam, até que todos os uniformizados da quadra estejam de pé, em desafio.

E, por fim, Omar Rosario também se levanta.

Relatório oficial da polícia de Washington sobre o homicídio de Kenneth Moore

Interrogatórios e provas tanto físicas quanto digitais indicam que Kenneth Moore, último diretor da Escola Preparatória Urban Promise, desviou dinheiro por anos, em um esquema de fraude envolvendo doadores e fundos políticos. Stanley Ennis, Lindsay Ennis e outros membros do conselho também estão sendo processados. As investigações continuam e o investigador Ash estará à frente do caso Ennis com mais três pessoas.

Provas irrefutáveis apontam Wilson Hicks, antigo supervisor discente da Escola Preparatória Urban Promise, como responsável pela morte de Moore. Crimes incluem homicídio, coerção, chantagem, falsificação de evidências, conduta imprópria e falsificação. A arma do crime foi encontrada na casa de Hicks. As impressões digitais na arma são de Hicks.

Ao ouvir a gravação em áudio feita por Omar Rosario, Hicks admitiu ter confrontado Moore sobre o esquema de dinheiro e ter pressionado o diretor a ceder uma parte dos fundos. Hicks parece disposto a colaborar com informações sobre outros envolvidos no esquema, vamos consultar o escritório do procurador para decidir como proceder.

Exames laboratoriais comprovam que o sangue na camisa de J.B. Williamson era mesmo dele, testemunhas atestam que o nariz de Williamson começou a sangrar na quadra da Promise no dia que o vídeo de Rosario foi exibido.

O responsável legal de Trey Jackson, Terrance Jackson, confirmou que a arma pertencia a ele e que não sabia sobre seu sumiço. Evidências constatam que ele não esteve em nenhum estande de tiro nos últimos meses, o que valida sua alegação. Hicks admitiu ter encontrado a arma no banheiro quando fez uma inspeção para encontrar contrabando. Não sabemos como exatamente a arma foi parar no local, mas é possível que a arma tenha sido roubada do sr. Jackson.

Da parte de Ramón Zambrano, Hicks tinha afirmado que suas digitais estavam no pente do jovem encontrado na cena do crime porque ele o pegou depois de encontrar o corpo. Mas após investigações, Hicks admitiu que roubou o pente do armário escolar do aluno e plantou a prova no escritório de Moore.

Esta investigação conclui que os três garotos da Promise, J.B. Williamson, Trey Jackson e Ramón Zambrano, são inocentes.

Jornal da Promise

por Marcus Watts, editor-chefe

Um ano após o assassinato do diretor Kenneth Moore abalar nossa unida comunidade, a Promise Preparatory, novo nome da escola, prospera sob a liderança da diretora Carla Hall. Um visitante pode não reconhecer a escola de um ano atrás, uma vez que os corredores agora estão cheios de barulho, bem como cartazes de eventos e recém-formadas organizações estudantis, inclusive este jornal, que já conquistou um prêmio por sua integridade e excelência.

Os acontecimentos do ano passado exigiram uma reorganização maciça, desde valores até o manual dos funcionários. Só é possível reconhecer um pequeno grupo de professores: a diretora Hall foi meticulosa ao transformar Promise. Agora temos um grêmio de alunos, bem como seis conselheiros de saúde mental, um grupo completo de ensino de inglês como segunda língua e uma sala sensorial que o corpo discente chama de Mansão Descanso.

O Comitê de Pesquisa liderado por alunos descobriu que se tratam de medidas que um ambiente escolar verdadeiramente bem-sucedido requer. Quando as pesquisas do comitê revelam um novo empreendimento com potencial para servir melhor ao corpo discente da Promise, ele é levado à diretora Hall, que então se reúne com o grêmio estudantil. Estas são apenas algumas das novidades da Promise, mas muitos legados do mandato de Moore foram removidos. Incluindo a linha azul.

Hoje, um ano depois de provar a inocência de três ex-alunos acusados de assassinar o antigo diretor Moore, o jornal da Promise considerou ser apropriado falar sobre o caminho desses jovens que, embora não sejam mais alunos, carregam o novo legado do que esta escola acredita e defende.

Ramón Zambrano, fundador do programa de culinária aqui da Promise — que continua sendo um dos programas mais populares e conceituados no distrito —, recebeu uma bolsa integral para a Sullivan School of Culinary Arts, onde se prepara para a carreira de chef.

Trey Jackson formou-se como o aluno do último ano com a maior pontuação no distrito e agora faz parte de um time de basquete universitário enquanto estuda ciência da computação.

E J.B. Williamson tirou um ano sabático com a namorada, Keyana Glenn. Eles adiaram a faculdade por um ano — ela, direito; ele, composição musical — para explorarem o país juntos.

A vida desses três jovens segue seus singulares caminhos, mas onde quer que eles estejam, o corpo discente da Promise os aplaude por sua coragem e por incorporarem os princípios do lema da escola, que agora está um pouco diferente:

Nós somos os jovens da Escola Preparatória Promise.
Nós estamos destinados à grandeza.
Nós merecemos alegria.
Nós somos extraordinários.
Nós pedimos do mundo e damos ao mundo:
respeito, sabedoria e graça.
Nós somos a esperança um dos outros.
Nós nos responsabilizamos pelo nosso futuro.
Nós somos o futuro.

Nós prometemos.

Agradecimentos

Como sempre, em primeiro lugar, quero agradecer à melhor companheira de equipe que poderia ter, minha querida esposa. Você é minha rocha! Agradeço a nossas lindas gêmeas, meus pais, meus sogros e todos os meus parentes e amigos por me apoiarem em minha jornada. Obrigada por me dar esperança para que eu possa transformá-la em minha arte.

Obrigado, Brian Geffen, por defender este livro e pastorear esse processo com tanta elegância quanto qualquer coisa que eu já vi. Sua dedicação é inspiradora. Sua visão e criatividade foram inestimáveis, e eu não poderia ter contado esta história sem você.

Obrigado, Dhonielle Clayton, que acreditou em mim o suficiente para me dar a oportunidade que eu sempre precisei. Obrigado por compartilhar sua sabedoria e expertise com tanta boa vontade e sendo mentora de tantas vozes neste mercado. Sou eternamente grato.

Obrigado, Joanna Volpe, por ser a CHEFE que você é! Obrigado por ficar do meu lado sempre que eu preciso. E obrigado ao restante das equipes da New Leaf e Cake Creative por seu apoio nos bastidores, principalmente Jenniea Carter, Jordan Hill, Meredith Barnes, Shelly Romero, Clay Morrell e Carlyn Greenwald.

Obrigado ao restante da equipe editorial da Macmillan: Carina Licon, Ann Marie Wong, Jean Feiwel, Jennifer Besser, Rich Deas, Kat Kopit, Alexei Esikoff, Veronica Ambrose, Ryan Jenkins, Jennifer Edwards,

Kristin Dulaney, Sam Smith e Emma Jones. Muito, muito amor à brilhante equipe de divulgação e marketing: Molly Elis, Morgan Rath, Mariel Dawson, Melissa Zar, Katie Quinn, Naheid Shahsamand, Mary Van Akin e Kristen Luby. E um agradecimento especial a Ken Nwadiogbu, que criou a capa fenomenal do livro original.

Sem todos vocês, este livro não teria sido possível. Um grupo de pessoas inteligentes e talentosas que acreditam no poder de contar histórias.

E por último, mas não menos importante, quero agradecer a todos os alunos que já ensinei, encontrei em um corredor ou treinei na liga infantil. Todos vocês me inspiraram de tantas maneiras e estou trabalhando para devolver o favor. Quero agradecer aos jovens que estão lendo este livro hoje: você pode ser o que quiser neste mundo. Sua imaginação é uma de suas maiores qualidades; aproveite!

Com muito amor, obrigado a todos.

—Nick

Este livro foi composto na tipografia Minion Pro,
em corpo 11,5/15,6, e impresso em papel off-white
no Sistema Cameron da Divisão Gráfica
da Distribuidora Record.